KB128491

톱스타의 킬링필드

톱스타의 킬링필드 4

초판 1쇄 인쇄일 2017년 3월 22일 | 초판 1쇄 발행일 2017년 3월 25일

지은이 권하율 | 펴낸이 곽동현 | 담당편집 팀장 이범수
편집부 신연제 이윤아 홍현주 김유진 조서영 임소담

펴낸곳 (주)조은세상 | 출판등록 제2002-23호
주소 경기도 연천군 미산면 청정로 1355
TEL 편집부 02)587-2966 | FAX 02)587-2922
e-mail bukdu@comics21c.co.kr

권하율 ⓒ 2017
ISBN 979-11-5832-932-7 | ISBN 979-11-5832-857-3(set) | 값 8,000원

톱스타의 킬링필드

Hell is coming

4

권하율 퓨전판타지 장편소설

NEO FUSION FAN...

북두
(주)좋은세상

권하율 퓨전판타지 장편소설

NEO FUSION FANTASY STORY

CONTENTS

Hell is coming

톱스타의 킬링필드

Hell is coming

chapter 1. 악의에 답하는 법

Hell is coming

chapter 1. 악의에 답하는 법

"야, 준비 끝났냐?"

"걱정 마. 진즉에 다 차려입었으니까."

재촉하는 종욱의 말에 강혁은 혀를 차며 방밖을 나섰다.

현실로 돌아온 지도 어느덧 일주일 째.

잠정적인 휴가기간이 끝난 강혁은 또 바쁜 일상을 보낼 준비를 하고 있었다.

데드문의 살인마 캐릭터를 통해 거의 신드롬에 가까운 인기를 끈 것도 맞으며 지금까지도 그 인기의 흐름은 이어지고 있었지만 그렇다고 해서 만족하고 있을 수는 없는 것이다.

대중들은 쉽게 빠져들고 또 쉽게 잊어버리니까 말이다.

배우의 입장에서 인지도를 떨치는 가장 좋은 방법은 역시 다양한 작품들이 출연을 하는 일이었지만 몸값이 올라버린 지금은 그것도 마음대로 할 수 있는 일은 아니었다.

이미 대부분의 작품은 배역들이 다 구해진 상태였으며, 그렇다고 해서 아무작품이나 출연하기에는 이쪽의 격도 달라졌으니까.

물론 영화 촬영이 예정되어 있긴 했지만 그것이 시작되는 시기는 앞으로 2달은 더 남은 상태.

그야말로 공백기라고 밖에는 할 수 없는 시간이었다.

대부분의 배우들은 한 작품을 하고 고생한 만큼 휴식하며 연기의 과도한 몰입에 대한 후유증도 털어내고 개인의 시간을 보내며 백수 라이프를 만끽하는 모양이지만 강혁은 지속적인 활동을 원했다.

스텟의 상승폭 때문인지 가면 갈수록 피로해지기는커녕 힘이 넘쳐나서 문제일 정도로 쌩쌩했기 때문이었다.

"오늘 출연하는 게 맨즈 챌린지였나?"

"어, 맞아."

들어갈 작품이 없는 공백을 종욱은 예능 방송 출연이나 잡지 촬영 등의 스케줄로 극복해내려 하고 있었다.

참고로 오늘 출연하게 될 '맨즈 챌린지' 라는 방송은 꽤나 인기가 있는 중견 프로그램이었는데, 몸이 좋은 일반인을 비롯한 다양한 스타들이 나와서 장애물을 극복하여 이겨내는 그런 프로그램이었다.

한국으로 따지자면 출발! 드림팀 같은 방송이라는 뜻이다.

딱히 신경 써야 될 부분도 없었고 그저 몸만 잘 쓰면 되기에 강혁의 입장에서는 크게 부담이 없는 방송이었다.

"음?"

"왜? 뭔가 문제라도 있어?"

"아냐. 아무 것도."

종욱과 함께 문을 나서자마자 느껴지는 시선에 문득 발걸음을 멈춰 세웠던 강혁은 이내 대수롭지 않게 고개를 저으며 다시 걸음을 옮기기 시작했다.

은밀한 장소에 숨어서 쪼아대는 시선의 정체를 대번에 파악했기 때문이었다.

'파파라치라… 나도 이젠 제법 잘 나간다고 봐도 되는 건가?'

파파라치라고 하면 연예인들의 사생활을 캐서 퍼뜨리는 좋지 않은 이미지의 존재였지만 강혁은 도촬을 당하고 있음에도 기분은 썩 나쁘지 않았다.

파파라치가 붙는다는 것은 그야말로 인기를 가늠하는 척도가 되기도 하기 때문이다.

"촬영지까지는 꽤 멀지?"

"음… 한 3시간 쯤?"

"하여간 이놈의 미국 땅."

먼저 차에 타서 시동을 거는 종욱의 옆자리로 탑승하며 강혁은 한숨과 함께 고개를 내저었다.

딱히 불만은 없는 환경이었지만 어디든 가려면 최소 1시간 단위의 시간을 소모해야 된다는 점은 분명한 단점이자 스트레스 였다.

"가는 길에 맥도날드나 먹자."

시트 가득 몸을 파묻으며 강혁이 말했다.

제법 돈을 들여 교체한 리무진 시트가 등허리를 푹신하게 받쳐준다.

"안 그래도 들리려고 했어. 하아, 근데 어젯밤에도 먹었는데 또 햄버거라니 왠지 물린다."

"순대국이라도 한 그릇 해야 되는 데 말이지?"

"크으~ 순대국 좋지."

시덥잖은 이야기들을 나누며 종욱이 안전벨트를 맸다.

그리고 이내, 두 사람을 태운 차량이 부드럽게 출발했다.

❖

"오, 여긴가?"

종욱의 노련한 운전 솜씨 덕분에 도로가 잔뜩 막혔음에도 시간 내에 촬영장에 도착한 강혁은 준비된 세트장을 보며 새삼 감탄을 머금었다.

쉬는 기간 동안 이리저리 TV채널을 돌리다가 몇 번인가 본적이 있어 그 규모는 알고 있었지만 막상 눈앞에서 보니 감탄이 새어나올 수밖에 없었던 것이다.

총 10단계의 장애물로 구성된 맨즈 챌린지의 세트는 그 규모부터 장애물들의 구성까지 모든 것이 남달랐다.

'과연 그랜드캐니언을 보며 자라온 놈들은 다르군 그래.'

뭘 만들어도 다 큼직큼직하고 호쾌한 느낌이었다.

그때 누군가 다가와 말을 걸었다.

"대단하죠?"

"네? 아… 그러네요."

반사적으로 답하며 돌아보자 왠지 모르게 근사한 미소를 짓고 있는 대머리 근육질의 남자가 보인다.

어쩐지 얼굴이 좀 익숙한 것 같은데 싶어서 급하게 기억을 더듬고 있자 사내가 먼저 소개를 했다.

"반가워요. 난 드레인 존슨이라고 해요."

재차 근사한 미소를 지으며 손바닥을 내미는 사내.

강혁은 그제야 상대가 누군지 알아챌 수 있었다.

"아! 더 아이언!?"

"하하, 그런 이름으로 불렸던 시절도 있었죠. 어쩐지 그리운 이름이네요."

190은 되어 보이는 장신에 떡 벌어진 어깨를 꽉 채우는 근육질의 체형을 지닌 사내는 그 존재감만큼이나 대단한 유명세를 지닌 존재였다.

적어도 90년대의 프로레슬링을 한번이라도 봤던 사람이라면 모를 리가 없는 이름인 것이다.

더 아이언.

인기 레슬러 출신인 그는 그 인기를 바탕으로 성공적인 커리어 전환을 한 배우였다.

비록 그 장르가 액션이라는 한정적인 부분이 얽매여있긴 하지만 제법 큼직한 블록버스터 영화에도 다수 출연한 경험이 있는 베테랑 배우 중의 하나인 것이다.

근데 어째서 저런 사람이 이런 곳에 있는 걸까?

덕분에 강혁은 잠시 멍해지고 말았다.

그에게 있어 '더 아이언' 드레인의 존재는 팬으로써 추앙하는 스타이자 앞서간 이로써 존경받아야할 선배이기도 했기 때문이었다.

"…아!"

어떤 식으로 인사를 받아야할지 고민하는 동안 한순간 분위기가 애매해지고 말았다.

겨우 정신을 차린 강혁이 다급히 드레인의 손을 맞잡으며 인사를 했다.

"죄송해요. 너무 놀라서. 팬이었거든요. 저는…."

"강혁 씨 맞죠?"

"어? 어떻게…."

"후후, 저도 팬이거든요. 좀비광이라서요."

"이거 몸둘바를 모르겠네요."

대강 그런 느낌으로 두 사람은 성공적인 통성명을 나눌 수 있었다.

"오늘 참가하러 오신 거죠? 따라와요. 연예인용 대기실이 따로 있으니까요."

"감사합니다."

강혁은 순순히 드레인의 뒤를 따랐다.

잠시 걷자 몇 개의 컨테이너가 놓여진 장소가 보이고 그 주변으로 바쁘게 돌아다니고 있는 스탭들의 모습도 보였다.

"어? 어떻게 둘이 같이 와?"

"산책하다가 만났어."

붉은색 컨테이너의 근처로 다가가자 비쩍 마른 사내가 드레인을 발견하고는 반갑게 인사를 건네 왔다.

"어디까지 산책을 갔길래 이런 스타를 물고 온 거야?"

"알다시피 내가 촉이 좋잖아. 아! 인사해요. 여기는 맨즈 챌린지의 PD인 오카스고, 이쪽은 알지?"

"당연하지. 내가 섭외했는데. 반가워요 강혁 씨."

강팍한 인상과는 다르게 반가이 맞아주는 오카스의 인사에 강혁은 내밀어진 손을 맞잡으며 정중히 인사를 했다.

"저야말로 반갑습니다. 잘 부탁드려요."

"하하, 기대할게요. 진짜로 막 날아다닐 수 있다면서요? 막 쿵푸 마스터, 얍얍!?"

"아하하…."

어디서부터 태클을 걸어야 할지 난감할 정도로 손댈 것이 많은 오카스의 말이었지만 강혁은 애써 반박하지 않고서 그저 어색하게 웃어보였다.

"그만해, 멍청아. 하여간 뭐만 하면 쿵푸 타령이야? 미안해요. 저 녀석 브루스 리의 광팬이거든요."

"브루스 리는 신이라고!"

"아하하…."

차마 끼어들 수 없는 두 친구의 만담에 강혁은 그저 어색하게 웃는 것밖에는 할 수 있는 일이 없었다.

그렇게 PD와도 인사를 나눈 강혁은 지정된 컨테이너 박스의 안으로 들어가 의자를 빼고 앉았다.

컨테이너 박스의 안은 좁고 휑한 느낌이 들었지만 잠깐 쉰다는 느낌으로 쓰기에는 나쁘지 않아 보였다.

"어디보자… 촬영까지는 이제 1시간 정도 남은 건가?"

대기실의 한쪽 벽에는 낡은 벽시계가 걸려 있었다.

삐걱대며 움직여가는 초침을 잠시 멍하게 쳐다보던 강혁은 이내 의자에 잔뜩 몸을 기대고 늘어지며 폰을 꺼내어 들었다.

어차피 딱히 할 일도 없으니 촬영이 시작되기 전까지 게임으로 시간이나 때울 셈이었던 것이다.

하지만,

그런 강혁의 금세 무너지고 말았다.

폰의 잠금을 해제하고 액정 화면에 떠오른 아이콘을 향해 손가락을 가져가기도 전에 덜컥- 하며 컨테이너의 문이 열렸기 때문이었다.

"음? 누가 먼저 있었네?"

문을 열고 들어온 것은 짧은 금발 머리칼에 약간은 투박한 인상을 지닌 사내였다.

들어와서 그저 멀뚱히 쳐다보기만 하는 사내의 반응에 강혁은 잠시 머뭇거리다가 먼저 손을 내밀었다.

"어, 오늘 참가자신가요? 저는 강혁이라고 합니다. 잘 부탁드려요."

과하지 않으면서도 최대한 정중하게 건넨 인사.

하지만 돌아온 것은 경멸이 담긴 시선과 모욕이었다.

"별로 인사를 나누고 싶진 않네."

"네?"

"아, 오해하지는 마. 이래 뵈도 결벽증이 좀 있어서 말이지. 병균 같은 거 옮으면 안 되잖아?"

빠직! 강혁의 이마로 힘줄이 돋아났다.

일말의 숨김도 없는 명백한 적의가 아닌가.

게다가 저건 애써 돌려 말하고 있긴 했지만 분명 인종차별에 가까운 비아냥거림이었다.

'하하… 설마 요즘 같은 세상에 인종차별 같은 거에 당할 줄은 몰랐는데 말이지.'

순간 분노가 머리끝까지 솟구쳤지만 강혁은 냉정하게 끓는 마음을 가라앉혔다.

저런 녀석 따위를 손봐주는 일은 침을 삼키는 것만큼이나 쉬운 일이었지만 그래서야 저쪽이 원하는 데로 되고 말 것이 아닌가.

분노하면 할수록 더 차갑게 가라앉는 이성을 인식하며 강혁은 냉소와 함께 답했다.

"다행이네. 나도 사실 좀 찝찝했거든."

"뭣!?"

"왜? 뭔가 문제 있어? 나도 결벽증이 좀 있을 뿐이야."

"이 새끼가!"

사내는 쉽게 흥분하며 위협적으로 다가들었다.

그래봤자 위협적이기는 커녕 우습지도 않았지만 말이다.

'어떻게 손을 봐줘야 할까? 최대한 눈에 띄지 않으면서도 치명적인 방식으로……'

금방이라도 다가들어 멱살을 잡아 올릴 것처럼 구는 사내의 반응에 차분히 서서 놈의 처형방식에 대해 고민하고 있을 때였다.

덜컹!

"출연자 인터뷰 때문에 준비 먼저 할게요!"

일촉즉발의 상황을 가르며 스탭 한 명이 들어왔다.

그러자 곧장 멈춰서는 사내. 그리고는 이내 만면에 미소를 띠우며 돌아서는 것이다.

"하하, 제가 금방 나가려고 했는데… 또 선수를 치셨네."

"그래서 오늘은 좀 서둘렀거든요. 하하핫."

사내는 무슨 일이 있었냐는 듯 태연한 기색으로 스탭과 사담을 주고받는 모습이었다. 강혁은 잠시 어이가 없다는 표정으로 사내를 보다가 이내 조용히 입 꼬리를 말아 올렸다.

'…그렇단 말이지?'

눈앞의 사내가 어떤 족속인지 알 것 같았기 때문이었다.

겉과 속이 철저하게 다른 성격.

그것은 흔히 싸이코패스 살인마들에게서 주로 나오는 특성이었다. 속에 품고 있는 악의가 크면 클수록 겉으로 드러나는 모습에는 신경을 쓰기 마련이니까 말이다.

"바로 나가죠. 그러니까 이번에는 좀 근사한 코스튬으로 줘요."

"하하, 그거야 PD님이 결정하실 문제라서……."

두 사람은 강혁을 남겨둔 채 시시덕거리며 나가버렸다.

홀로 남겨진 강혁은 그제야 사내의 정체에 대해 떠오르는 것을 느꼈다.

몇 번이고 맨즈 챌린지 방송을 보면서 분명 사내의 모습을 본 일이 있었기 때문이었다.

"에드 클라크라고 했던가."

그는 맨즈 챌린지에 고정으로 출연하는 배우였다.

데뷔한지 2년차에 들어서는 액션 배우.

데뷔할 당시 사이보그 닌자라고 하는 이름부터 수상쩍은 영화로 등장하여 지금까지 줄곧 B급 영화만 찍어온 녀석이었다.

"…그런 거란 말이지."

강혁은 대번에 놈이 지닌 적의의 원인에 대해 알아챌 수 있었다.

'추접스럽네.'

놈이 지닌 적의의 근원은 다름 아닌 질투였다.

놈의 입장에서는 웬 듣보가 갑자기 튀어나와서 운 좋게 괜찮은 배역을 잡아 성공을 한 것처럼 느껴질 테니까 말이다.

"뭐, 대강은 알겠어."

강혁은 앞으로 벌어지게 될 일들이 코앞에서 들여다보는 것 마냥 선명하게 예상이 되었다.

개도 자기네 집에서는 반은 먹고 들어간다고 했으니…….

'자기 영역이니 아마 적극적으로 날 깔아뭉개려고 들겠지.'

하지만 거기에 당해주고 싶은 마음은 없었다.

악의에 답하는 방법은 고대로부터 더 큰 악의였으니까 말이다.

"어디 한 번 즐겨보자고."

스산한 미소를 머금으며 강혁은 홀로 남겨진 대기실의 문을 닫으며 앞서간 두 사람의 뒤를 따라 나갔다.

스탭의 안내를 받아 도착한 공터에는 이미 출연진들이 모두 도착해 있었다.

한눈에 봐도 일반인들처럼 보이는 남자들의 모임과 다양한 분위기를 지닌 남자들의 모임.

벌써부터 너스레를 떨며 시시덕거리는 에드의 모습을 확인한 강혁은 조용히 연예인들의 무리로 다가섰다.

"오우~ 드디어 오셨구만. 오늘의 주인공님께서 말이지."

의도적으로 '주인공' 이라는 단어에 힘을 줘서 말하는 에드의 퉁명스러운 말에 주변의 분위기가 단번에 냉각되었다.

그것만 봐도 이곳에서 그가 지닌 입지가 어떤 것인지는 충분히 알 수 있을 정도.

'그러고 보니 다들 얼굴이 생소한 편이군.'

그래도 연예인의 팀에 소속되어 있으니만큼 저마다의 특별한 아우라는 다들 지니고 있는 것처럼 보였지만 누구 하나 익숙한 얼굴은 아니었다.

아마 다들 인지도를 올리기 위해 프로그램에 참여한 신인들이겠지.

알게 모르게 에드의 눈치를 보고 있는 남자들의 모습에 강혁은 실소를 머금으며 다가섰다. 그리고는 대수롭지 않게 손을 들어 보이며 인사를 받는 것이다.

"네. 그러니까 잘 부탁드립니다. 주인공이니까요."

"크흠… 자신감이 대단하시네."

"누구랑은 다르거든요."

명백하게 에드를 겨냥한 비아냥거림에 그의 이마로 빠직하고 힘줄이 들어섰다.

하지만 주변의 시선을 인식하고 있기 때문인지 컨테이너 안에서처럼 노골적인 적의를 드러내지는 못하는 모습.

"크윽…."

스스로가 만들어낸 제약에 묶여 그저 분을 삭일 수밖에 없는 에드의 모습을 비웃어주며 강혁은 나머지 출연진들을 크게 훑어보았다.

모여드는 시선으로부터 선명한 감정들이 전해져 왔다.

호기심, 적대감, 후련함 등등의 다양한 감정들.

'대강 적아는 갈라낸 것 같군.'

그들 모두를 가볍게 훑으며 대강의 편을 갈라낸 강혁은 아무 일도 없다는 듯이 웃으며 갈색 머리칼에 주근깨가 인상적인 미소년에게로 다가갔다.

"반가워요. 전 강혁이라고 해요."

"에? 저, 저요?"

자연스럽게 내민 손에 소년은 당황하며 얼굴을 붉히는 모습이었다.

"인사 안 받아줄 건가요?"

"아! 네, 넵!"

소년은 당황하며 다급히 손을 붙잡아왔다.

강혁은 그 손을 가볍게 쥐고 흔들며 말했다.

"이젠 소개를 받아도 되겠죠?"

"물론이죠. 저는 아론 메이시예요. 가수죠. 안 팔리는 가수지만요."

뒷말이 쓸쓸한 아론의 말에 강혁은 웃으며 답했다.

"금방 잘 될 거예요. 아마도."

"헤헤, 그건 잘 모르겠네요."

아론은 어지간히 자신감이 떨어져 있는 것처럼 보였다.

얼굴만큼은 상당히 귀여운데 말이지.

"무슨 노래를 불렀는지 알려줘요. 음원이라도 구매해서 들어볼게요."

"아! 그거라면 제가 CD를 드릴게요!"

아론은 자신의 노래에게 강혁이 관심을 보여주었다는 자체가 상당히 기쁜 듯한 표정이었다.

'간단하군.'

본래부터 호감에 가까웠던 아론의 시선은 이제 완전한 호감으로 돌아서 있었다.

흥분된 말투로 자신의 앨범에 대해 떠들어대는 아론의 말에 적당히 답하며 힐끔 시선을 돌리자 이쪽을 째려보고 있는 무리들이 보였다.

에드를 위시한 소위 '마초' 패거리들.

앞서 마주친 적 있던 드레인에 버금갈 정도로 커다란 덩치를 지닌 흑인 남자 한 명과 반대로 키는 작지만 단단한 체형처럼 보이는 동양계 남자가 에드를 양옆으로 호위하고 있었다.

'거참… 유치하긴 한데 말이지…….'

조그마한 세상에 자신만의 영역을 구축한 근육맨이라니.

요즘 같아서는 초등학생도 부끄러워할만한 설정이었다.

아마 평상시였다면 상대해주기는커녕 거들떠보지도 않았겠지만, 노골적인 적대에 인종차별까지 받은 마당에 가만히 당하고만 있을 수는 없는 노릇이니까.

'사실 나도 한 유치함하기도 하고.'

사실 지금 하려는 일들은 커리어에는 전혀 도움이 되지 않으며 에드는 촬영만 끝나면 다시 만날 일도 없는 인연이었지만 강혁은 이번 일을 그냥 순순히 넘길 마음이 없었다.

'이런 게 배우 간에 벌어지는 신경전 같은 거 아니겠어?'

뭔가 미묘하게 다른 것 같긴 했지만 강혁은 처음으로 마주하는 신경전에서 지고 들어갈 마음이 전혀 없었다.

버러지처럼 전전하던 강혁과, 사혁의 기억을 받아 새롭게 시작했던 강혁과, 이제는 나름 스타의 반열에 올랐다고 해도 과언이 아니라고 할 수 있는 지금의 강혁의 지닌 입지는 완전히 다르니까.

"자, 모두 준비되셨죠? 촬영에 들어가기에 앞서서 팀별 이랑 개인별로 인터뷰를 가볍게 딸 생각이니까 준비해주세요."

의도적인 편을 가르며 잠시 생각에 잠겨있자 안내를 맡았던 스탭이 재차 크게 외쳤다.

강혁은 잠시 뒤 다가온 카메라맨의 뒤를 따라서 한쪽 구석으로 가서 인터뷰를 했다.

별로 특별할 것도 없는 무난한 내용의 인터뷰였다.

그런 뒤 팀별로 파이팅 따위의 구호를 외친 다음 본격적인 촬영이 시작되었다.

『와썹! 맨! 오늘도 도전! 맨즈 챌린지가 찾아왔다구! 과연 오늘은 과연 어떤 히어로가 나타나 활약을 보여줄 수 있을 지?』

촬영이 시작되자마자 사회자 역할을 맡은 유명 개그맨 제프 헤럿이 흑인 특유의 통통 튀는 말투로 경쾌하게 말을 늘어놓기 시작했다.

『거두절미하고 오늘은 정말로 기대하셔도 좋을 거야! 드디어! 그 분이 오셨거든! 요즘 들어 가장 핫한 남자! 섹시한 마성의 살인마가 왔다고!』

커지는 목소리만큼이나 고조되는 분위기.

제프는 적절한 긴장감을 분배하며 자연스럽게 말을 이었다.

『좀비도 이 분에게 걸리면 걸레짝이 되고 말지! 맞아, 바로 내 이름과도 같은 제프! 제프 하몬의 배우 강혁이 이곳 맨즈 챌린지를 찾아왔다구우우우−!』

제프는 마이크를 입술에 잔뜩 붙인 채로 마치 늑대처럼 길게 목소리를 끌었다.

그와 동시에 제프에게로 밀착되어있던 카메라가 크게 물러나며 세트장 전체를 담는다.

'대단하네.'

그 일련의 흐름을 보며 자연스럽게 전해지는 열정에 후끈해지는 것과도 같은 에너지를 받은 강혁은 잠시 에드에 대한 것을 잊고 미소를 머금었다.

어젯밤 스케줄에 대해 전해 받으며 종욱과 나누었던 대화 그대로 마음껏 놀고 갈 수 있을 것만 같은 느낌이 들었기 때문이었다.

그러한 분위기를 만들어내는 것은 분명 사회를 보고 있는 제프의 힘이었다.

『하지만 아무리 그라고 해도 이곳 지옥의 시험대를 지나칠 수 있을까? 게다가 영광의 좌를 차지하는 것은 결국 단 한명 뿐! 모두가 경쟁자라고? 그리고 그들은 모두 하나같이 만만치 않은 이들이지!』

제프의 말이 끝나기가 무섭게 카메라가 각자의 진영에 자리한 출연자들을 하나하나 잡으며 천천히 훑었다.

카메라가 자신을 잡는 것을 확인한 강혁은 태연하게 그것을 응시하며 미소를 지어보였다.

마치 제프 하몬의 그것과도 같이 사나운 미소를 말이다.

"흥! 꼴사납긴."

옆에서 같잖은 도발을 해오는 에드의 목소리가 들려왔지만 강혁은 거들떠보지도 않은 채 카메라에 비추어지는 캐릭터를 연기하는 것에 몰두할 뿐이었다.

『오우! 하나같이 다 기백이 대단하지? 하지만 저 표정들이 과연 언제까지 유지될까? 오늘 만들어진 지옥의 시험대는 특별히 신경 써서 만들어졌거든? 게다가 마지막 관문에는 깜짝 게스트가 보스로 출연하셨다고!』

마치 비밀이라는 듯이 속삭이는 듯 하면서도 자연스러운 기대감이 서리게 만드는 말솜씨.

'과연… 그런 거였나?'

강혁은 그제야 드레인이 모습을 보인 이유에 대해 짐작할 수 있었다.

그가 바로 지옥의 관문을 막아서는 최종 보스인 것이다.

'하하… 살벌하네.'

본신의 능력과는 무관하게 관문을 막아서는 모습을 상상하는 것만으로도 드레인은 위압감을 뿜어내는 존재였다.

『기대되지? 그럼 절대로! 채널을 돌리지 말라구! 바로 지금부터 영광을 찾는 전사들의 도전! 맨즈 챌린지가 본격적으로 시작되니까 말이야!』

여전히 힘이 넘치는 클로징 멘트를 끝으로 잠시 소강상태가 이어졌다.

다음의 단계로 이어가기 위한 준비로 출연진을 제외한 모두가 부산해지는 것이다.

'저거로군.'

잠시 후 스탭들이 낑낑대며 가져온 것은 커다란 네모 박스 세트장이었다.

총 6개의 문이 있었는데 문들의 앞에는 1~6까지의 숫자가 하나씩 적혀 있었다.

연예인 팀으로 출연한 이들의 머릿수와 딱 맞는 숫자.

몇 번인가 방송을 본 적이 있던 강혁은 그것이 뭔지 알 수 있었다.

'코스튬.'

맨즈 챌린지의 방송 컨셉은 '히어로'의 발견이었다.

단순히 근육질의 몸짱들이 나와서 자신의 피지컬을 뽐내는 방송이 아니라 말 그대로 '영웅'의 등장을 전면으로 내세우며 차별화를 한 것이다.

일반인 참가자들에게는 관문을 모두 클리어 한 것만으로도 소정의 상금이 주어지며 히어로 마크를 받을 수 있다.

반대로 연예인들의 경우에는 랜덤하게 문으로 들어서서 코스튬을 선택하게 되는데 그 안에 놓여진 복장을 입고서 도전에 임해야만 하는 것이다.

코스튬들은 대게 마블코믹스나 DC코믹스에 등장한 히어로들의 복장이었는데, 선택된 복장에 따라 움직이는데 상당한 난이도의 차이가 있었다.

편안한 옷차림으로 도전을 해도 웬만한 이들은 반도 못갈 지옥의 시험대를 거추장스러운 복장으로 극복해내야만 하기 때문이다.

"큭큭."

기분 나쁘게 웃어대는 에드의 목소리에 힐끔 고개를 돌려보자 의미심장한 미소를 짓는 그의 모습이 보인다.

'대강 뭔지 알겠군.'

강혁의 머릿속으로 아까 전 스탭과 에드가 나누던 대화가 스쳐 지나갔다.

둘 사이에 느껴지던 친분관계라면 아마 배정될 코스튬을 임의로 조종하는 것쯤이야 어렵지도 않은 일일 터.

아마도 에드는 자신이 활약할 수 있을법한 유리한 코스튬을 받으며 강혁에게는 거추장스럽기 그지없는 옷차림을 떠넘길 것이었다.

그럼 자연스럽게 그는 돋보이게 되고 강혁은 물을 먹게 될 테니까.

'참으로 뻔하면서도 유치한 방법이네.'

그만큼이나 단순해서 확실한 방법이긴 하지만 말이다.

에드에게서 시선을 거둔 강혁은 눈앞의 문을 응시했다.

'어떤 숫자를 선택하든 결국 내게는 꽝이 들어올 테니까 말이지.'

강혁은 마음을 차분히 가라앉히며 순서를 기다렸다.

"저기… 강혁 씨는 몇 번 고를 거예요?"

"아무거나?"

괜히 긴장해서는 물어오는 아론에게 심드렁하게 답해주고 있자 다시 카메라가 전개되며 사회자 제프의 목소리가 울려 퍼지기 시작했다.

『자! 그럼 운명의 룰렛~ 스타트!』

육분할로 나누어진 대형 룰렛이 빠르게 돌아가기 시작한다.

공평하게 여섯 등분으로 나누어진 공간에는 연예인 팀 참가자들의 이름이 적혀져 있었는데, 상단이 삐죽 튀어나온 화살표에는 〈오더〉라는 글귀가 새겨져 있었다.

선택된 참가자가 오더가 되어 각자의 팀원들에게 문을 고를 수 있는 순서를 배분해주는 방식인 것이다.

어차피 코스튬이 있는 문의 너머는 알 수가 없으니 순서를 어떻게 지정하든 상관이 없는 게 아닌가 싶기도 했지만 원래 방송의 재미란 것이 그런 것 아니겠는가.

따르르르르-

경쾌한 효과음과 함께 빠르게 돌아가던 룰렛이 속도를 늦추기 시작했다.

『오우! 드디어 운명의 룰렛이 멈췄군. 과연 이번 시련의 오더는 누구일지?』

느릿하게 지나치다 완전하게 속도가 줄어든 룰렛의 이름이 아슬아슬하게 화살표를 스친다.

『오호오! 이건 흥미로운데? 오더는 다름 아닌……』

마침내 선택된 이름은,

『맨즈 챌린지의 터줏대감 총 7번의 히어로 킹에 빛나는 에드 클라크!』

예상했던 데로의 수순으로 진행되었다.

아까부터 스탭이랑 쑥덕거리던 모습이 영 찝찝하다 싶더니 선택의 순간부터 작업이 들어간 모양.

코스튬의 종류는 확인할 수 없다고 할 수 있었지만 일반적으로 1~6까지 각 문의 숫자에는 그에 해당하는 약속과도 같은 이미지가 있었기에 순서를 택하는 것도 사실은 꽤나 중요한 부분이었다.

예를 들자면, 숫자가 뒤로 가면 갈수록 담겨진 코스튬은 안 좋은 것이 나올 가능성이 크며, 3번은 노출도가 높은 복장이라던가, 1번은 누구나 알 법한 유명 히어로 복장이 나올 가능성이 크다던가 하는 것들 말이다.

"큭큭."

결과가 발표되자마자 이죽거리는 에드의 모습에 강혁은

낮게 혀를 찼다.

이제 와서라는 느낌이 들기도 했지만 새삼스럽게 녀석이 불쌍해지기 시작했기 때문이었다.

『그럼 에드! 순서는!?』

"순서는…."

짐짓 고민하는 척하면서 에드는 정확히 예상대로의 순서를 짰다. 자신이 첫 번째로 해서 심복들을 앞쪽의 순서로 배정한 것이다.

당연히 강혁의 순서는 마지막이었다.

『그럼 첫 번째 히어로 에드! 출격!』

맛깔나는 제프의 진행에 따라 에드는 길게 이어진 단상을 내달려 3번의 문을 향해 뛰어 들었다.

『오우! 첫 번째 선택부터 3번이라니… 오늘 에드가 섹시함을 뽐내고 싶은 모양인데? 과연 어떤 모습으로 나올지 보자구!』

3번은 대대로 노출도가 높은 코스튬이 자리한 번호.

나오는 히어로 코스튬의 종류는 남녀를 가리지 않았기 때문에 자칫하면 여성 히어로의 복장을 입어서 쪽팔림을 감수해야 할지도 모르는 것이 3번이라는 번호의 코스튬이었다.

'뭐, 다 믿는 바가 있으니까 들어간 거겠지.'

약 5분여의 시간이 지나고.

『히어로 등장!』

봉화가 불타오르며 3번의 문 반대편의 위치한 스티로폴을 뚫고 등장한 것은 녹색 피부의 근육질을 잔뜩 뽐내고 있는 누더기 바지 차림의 사내였다.

『와우! 저 근육 좀 보라구! 에드가 누구보다 본인에게 잘 어울리는 히어로를 골랐군 그래. 에드가 선택한 히어로 코스튬은 다름 아닌… 허어얼- 크으으으-!』

　숨이 넘어가는 게 아닐까 싶을 정도로 길게 끌며 외치는 제프의 소개에 에드는 가슴을 두드리고 팔을 굽혀 알통을 드러내며 쇼맨십을 보였다.

　'역시나.'

　헐크라고 하면 초록색 피부로 분장을 해야만 하는 단점이 있었지만 어차피 시간 관계상 대강 염료를 바른 수준에 불과하고 복장으로 따지자면 그저 반바지를 걸친 것 뿐이지 않은가.

　활동성으로 보자면 그야말로 최고의 가성비를 지닌 복장이라고 할 수 있었다.

『시작부터 아주 흥미진진한데? 그럼 곧장 다음 순서로 가보자구!』

　물 흐르는 듯한 진행을 따라 곧장 다음 순번의 참가자들이 선택을 하기 시작했다.

　2번째는 덩치 흑인이었는데 1번을 선택하여 캡틴 아메리카 코스튬을 얻었으며, 3번째로 나선 작고 단단한 체구의 남자는 2번을 택해서 그린랜턴의 코스튬이 나왔다.

둘 다 움직이는 데는 제약이 없는 괜찮은 복장들.

희한하게도 다음 순서로 나선 마른 체구의 남자는 6번을 택해서 배트맨이 나왔는데, 망토만 제외하면 썩 나쁘지는 않은 느낌의 옷이었다.

다섯 번째로 나선 아론이 선택한 번호는 5번.

4번과 5번을 두고서 심사숙고해서 고민한 뒤에 선택한 결과였지만…….

선택된 코스튬은,

"우으윽…."

다름 아닌 캣우먼이었다.

벌게진 얼굴로 부끄러워하는 아론의 모습에 모두가 웃었다.

'자 드디어 내 차롄가?'

의도적이라고 해도 좋을 만큼 노골적으로 비켜진 채로 남겨진 4번 숫자의 문.

에드를 비롯한 그 심복과 마른 남자는 나름대로의 지령을 받은 것 같으니 본래부터 4번과 5번 코스튬은 꽝에 가까운 것이라는 뜻이었다.

'그나마 시각적인 망신은 저 녀석이 맡아준 것 같으니 남은 건 실질적인 불편함의 계열인가?'

생각을 정리하며 강혁은 천천히 문을 향해 걸어갔다.

그리고… 들어선 문의 너머에 자리한 코스튬을 본 순간 강혁은 실소를 머금을 수밖에 없었다.

"대단하긴 하네."

4번의 번호에 놓여진 코스튬은 다름 아닌 아이언맨이었기 때문이었다.

그것도 실제 영화에서 쓰였던 제대로 된 금속 재질의 복장에 개폐식의 헬멧 기능까지 달린 제대로 된 코스튬이었다.

"바로 착용할게요!"

들어서서 실소를 머금고 있자 안에 대기하고 있던 스텝들이 빠르게 달려들며 아이언맨 코스튬을 분해하여 이리저리 채우기 시작한다.

철컥철컥 하고 복장이 조여들 때마다 느껴지는 불편함.

'마치 녹이라도 슨 것 같군.'

그래도 나름대로 관절의 부위 움직임 등에 신경을 쓴 것인지 당장 움직이는 데에 문제는 없었지만 삐걱거리는 느낌이 드는 것은 사실이었다.

콰직-

『오호오오우! 아이언맨이라니! 내가 또 팬인 건 어떻게 알고 준비한 거지? 하지만… 안타깝네! 진짜 아이언맨이라도 되지 않는 이상 저런 복장으로 지옥의 시험대를 통과하는 건 역시 무리잖아!?』

스티로폴 벽을 깨고 강혁이 모습을 드러내자 제프는 잔뜩 흥분을 하면서도 안타까움을 동시에 드러냈다.

'확실히 틀린 말은 아니지.'

아이언맨 코스튬은 분명 겉보기에는 멋있었지만 움직이는 것부터 불편했으며, 코스튬 규정에 따라 도전 시에는 헬멧을 덮어쓴 상태로 해야 했기에 시야마저 제한되었다.

아마 제대로 된 운동선수라고 해도 이런 복장으로는 클리어는커녕 지옥의 시험대의 1관문조차 통과할 수 있을지 의문이 들 정도의 패널티를 지닌 복장인 것이다.

"크하핫, 정말 멋진 복장이네."

자리로 돌아오자 에드가 대놓고 이죽거리며 시비를 걸어왔다. 그 말을 적당히 무시하며 자리에 가만히 서자 아론이 걱정의 말을 전해왔다.

"괜찮아요? 움직이기 불편하지 않아요?"

"불편하죠."

"우우… 어떡해요?

"하지만 적어도 난 쪽팔리진 않으니까."

"우으윽!"

아론은 금세 울상이 되었다.

❖

잠시 후.

대기시간이 지나고 마침내 본격적인 맨즈 챌린지의 도전이 시작되었다.

그 시작의 포문을 여는 것은 다름 아닌 일반인 참가자들.

다들 어디선가 한가락이 운동을 한 것처럼 잘 빠진 체형을 지닌 남자들은 시작을 알리는 총소리와 함께 용맹하게 시험대를 향해 뛰어 들었다.

그 기세만 봐서는 단숨에 시험대가 클리어 될 것만 같은 분위기.

하지만,

『오우! 첫 번째를 넘지 못하고 그만!』

『또 함정을 밟고 마는군 그래!』

『아아~ 아까웠어! 5관문까지는 좋았는데 말이지!』

기세가 무색하게 참가자들은 추풍낙엽처럼 관문의 함정들에 걸려서 머드풀이나 온탕 풀, 스티로폴 풀장 등에 떨어져 내렸다.

일반인 참가자들 여섯 명 중에 단 한 명도 클리어는커녕 절반 이상을 넘어서지 못했던 것이다.

『말했듯이! 오늘의 시험대는 특제라구!? 과연 한 번 남은 기회동안 클리어 하는 사람이 나오기는 할까? 아마 정말 슈퍼 히어로라도 되지 않는 이상 힘들겠지? 자, 그럼… 어디 히어로들의 도전을 볼까!?』

도전의 순서는 일반인 참가들의 1차시도 이후에 연예인 팀의 1차시도. 그리고 일반인 팀의 2차시도 이후에 연예인 팀의 2차시도로 이어지게 된다.

만약에 그 안에도 클리어한 사람이 나오지 않으면 그 회차에는 히어로가 등장하지 않았다는 것으로 이야기를 마무리

지으며 각자의 팀에서 나선 대표자들 중 누구라도 성공할 때까지 도전을 계속 진행하는 방식인 것이다.

『자, 그럼 시험대에 설 첫 번째의 히어로는 누구!?』

"캐, 캣 보이 등장!"

지옥의 시험대에 설 첫 번째의 도전자로 나선 것은 아론이었다. 이건은 그냥 평범하게 가위 바위 보로 결정되어 나온 결과였다.

『하핫, 너무 캣 보이라니! 너무 귀여운 거 아냐? 하지만 시험대는 자비가 없지. 과연 이 귀여운 영웅이 어디까지 갈 수 있을지 보자구!』

제프는 아론을 적당히 놀리고 적당히 추켜세우며 멘트를 이었다.

그러는 사이 긴장된 표정으로 계단을 올라 시험대의 입구에 들어서는 아론.

"후우… 후우….”

크게 심호흡을 하며 주먹을 몇 번이고 쥐락펴락 하던 아론은 이내 결심이 선 듯 입을 다물며 결연된 표정을 지어보였다.

마치 생사대적이라도 앞두고 있는 것 같은 모습.

그런 아론의 표정에 영향을 받은 걸까?

떠들썩하던 주변의 소음도 조금씩 잦아들고 자연스럽게 집중된 시선들과 함께 운명의 총소리가 울렸지만.

타앙!

"이야아— 악! 흐에엑!?"

호기로운 외침과 함께 들어선 아론의 의기는 한순간에 몸 개그로 전락하고 말았다.

채 두 발자국을 내딛기도 전에 엉덩이에 대롱대롱 매달려있던 고양이 꼬리가 발목을 스치면서 스스로 발이 꼬여서 그대로 엎어지고 말았던 것이다.

참고로 1관문은 급격한 내리막길 이후에 다시 급격한 오르막길로 이어지는 V자 형태의 세트였는데, 오르막길 쪽에는 기름이 발라져 있어서 재빨리 도약하여 벽에 매달린 밧줄을 잡지 못하면 바로 미끄러져 떨어질 수밖에 없는 구조를 하고 있었다.

"우와아악!"

다소 경박한 비명과 함께 균형을 잃고 무너진 아론은 스스로 공이라도 된 것처럼 데구르르 굴러 가파른 벽에 부딪혔다가 다시 무너져 내렸다.

『푸핫! 캣 보이의 첫 도전은 실패로 끝났군. 그래도 임팩트만큼은 확실했지 않아!? 푸하하하!』

자신도 모르게 빵 터져버리고만 제프의 웃음소리에 아론은 처음과 마찬가지로 얼굴이 벌게진 채로 세트장을 벗어났다.

'그래도 확실히 얼굴을 팔 수 있겠네.'

아론 같은 녀석은 차라리 이런 식으로 눈에 띄는 게 좋을 수도 있었다.

다음의 순서는 캡틴 아메리카 복장의 흑형이었다.

그는 육중한 몸을 제법 날렵하게 움직이며 4관문까지 단숨에 돌파하는 모습을 보여주었지만 랜덤하게 함정들이 발생하는 5관문에서 결국 튀어나온 벽에 맞고는 스티로폴 풀장에 떨어지고 말았다.

세 번째로 나선 것은 배트맨 복장의 마른 남자.

그는 어떻게든 첫 번째 관문만큼은 제대로 통과했지만 2번째 관문에서 3번째로 넘어가기 직전의 마지막 징검다리에서 발을 헛디뎌 머드풀에 추락하고 말았다.

네 번째로 나선 것은 그린랜턴 복장을 한 작고 단단한 체구의 남자였는데, 그는 제법 선전하는 모습을 보여주었다.

악명 높은 다섯 번째 관문을 수월하게 통과해 여섯 번째 관문까지 통과하는가 싶더니 바닥이 미친 듯이 좌우를 오가는 일곱 번 째 관문에서 아깝게 타이밍을 놓쳐 추락했다.

『오우~ 아까웠어! 오늘 최고의 활약이었는데 말이지. 실제 그린랜턴도 이런 활약을 할 수 있다면 지금이라도 팬이 될 의사가 있는데 말이야.』

적당히 그린랜턴을 까는 멘트와 함께 이어진 순서는 마침내 에드의 차례였다.

분명 가위 바위 보로 결정을 냈음에도 불구하고 공교롭게도 그가 다섯 번째, 강혁이 마지막의 순서로 결정이 났던 것이다.

"잘 봐두는 게 좋을 거야. 그래야 내 반이라도 쫓아올 수 있지 않겠어?"

노골적인 도발의 말.

"흥, 쫄기는."

강혁으로부터 별다른 대답이 없자 에드는 재차 비웃는 듯한 제스처를 취해 보이는가 싶더니 이내 자신감이 넘치는 발걸음으로 계단을 뛰어 올라갔다.

『드디어 이 영웅의 차례가 되었군! 이번에는 헐크의 모습으로 나타난 맨즈 챌린지의 얼굴! 에드~ 클라크~!』

"하핫! 잘 부탁드립니다!"

자신감 넘치는 태도만큼이나 에드는 여유로운 모습이었다.

긴장에 얼어있던 다른 참가자들과는 달리 손을 흔들어 인사를 하고 다시 헐크 퍼포먼스를 보여줄 만큼 뛰어난 관록을 드러내고 있었던 것이다.

하긴 강혁도 방금 검색해보고 나서야 안 것이지만 에드는 이 프로그램의 원로나 마찬가지였다. 1회부터 시작해서 벌써 50회 차에 이르는 지금까지 꾸준히 출연하고 있었기 때문이었다.

흘러간 시간이 있으니만큼 그만한 관록이 쌓인 것은 당연한 일이었다.

'자, 그럼 얼마나 잘 할지 한번 보자고.'

강혁은 철저하게 관람객의 모드가 되어서 세트장 한쪽에 설치된 대형 스크린을 응시했다.

세트장에서 벌어지는 장면을 실시간으로 확인할 수 있도록 만들어진 화면.

이윽고 타앙! 소리와 함께 도전이 시작되었다.

첫 번째 코스는 가파른 내리막길과 오르막길이 이어지는 V자 코스.

"타하아앗!"

에드는 두려움도 없이 최고의 속도를 내며 아래를 향해 뛰어 내려가는가 싶더니 내리막의 중간지점에 이르자 힘껏 바닥을 박차며 반대편 벽을 향해 몸을 던졌다.

터업!

자연스럽게 손아귀에 잡히는 밧줄을 쥔 채로 단단하게 벽을 지탱하는 다리.

오르막길에는 기름이 발라져 있어서 미끄러웠지만 에드는 아랑곳하지 않고 바닥을 밀쳐내듯 튀어오르며 그대로 팔을 움직여 벽을 타고 올라갔다.

마치 거미처럼 순식간에 밧줄을 타고 오르며 첫 번째 코스를 단 7초 만에 통과.

두 번째 관문은 물에 떠있는 징검다리였다.

단지 그것만으로도 대단한 균형감각을 요구하는 일인데 발판들이 일정한 리듬으로 움직여 자리를 바꾸기 때문에 순간적인 센스와 순발력도 함께 요구하는 코스.

"우다다다닷!"

다들 조심스럽게 타이밍을 재며 움직이던 다른 참가자들

과는 달리 에드는 속도를 줄이지 않고 단숨에 징검다리를 향해 몸을 던졌다.

그리고는 총 7개의 발판을 연속으로 밟으며 2번째 관문 역시도 통과.

그 때까지 흘러간 시간은 불과 11초에 불과했다.

『오오! 헐크라서 그런가? 오늘따라 기백이 넘치는데!? 오늘 애드가 뭔가 일을 내는 건가!?』

흥분을 고조시키는 제프의 중계와 함께 에드는 순조롭게 다음 코스로 진입했다.

3번째 관문은 좁은 외나무다리를 지나가면 그 뿐인 코스였지만 대신에 양옆에서 랜덤하게 벽이 튀어나와 지나는 이를 격추시킨다.

때문에 대쉬와 급정거를 반복하며 지나야만 하는 코스인 것이다.

『아아앗! 저걸 저렇게 지나가나!?』

3번째 관문에서도 에드는 속도를 줄이지 않았다.

벽 따위는 두렵지 않다는 듯 최고조로 올린 속도로 벽이 튀어나오기도 전에 범위를 지나치며 아슬아슬한 장면을 보여주었던 것이다.

그것은 마치 블록버스터 영화에 단골소재로 나오는 연속 폭파 장면을 보는 것만 같은 박진감이 있었다.

4번째 관문은 다소 쉬어가는 코스라고도 할 수 있는 코스였다.

총 10미터의 구름다리를 지나는 것인데 손으로 잡고 매달리게 되는 철봉들이 회전하고 있는데다가 양옆에서는 물대포 세례가 쏟아지기 때문에 쉬운 코스라고 할 수는 없었지만, 그럼에도 앞선 코스들에 비하면 비교적 난이도가 낮은 편인 관문이었다.

『아아! 단숨에 3칸씩! 이거야 원 사람을 보는 건지 원숭이를 보는 건지 모르겠어!』

이번에도 속도를 줄이지 않고 기세를 이어가는 에드.

돌아가는 철봉의 회전을 오히려 반동으로 이용하며 에드는 4번째 관문마저 단숨에 주파했다.

5번째 관문은 연속 랜덤 함정 코스였다.

양옆에서 빠르게 벽이 좁혀드는 와중에 랜덤하게 벽이 튀어나와 밀쳐내고 랜덤하게 바닥이 꺼지며 스티로폴 풀장에 떨어지고 마는 것이다.

모든 수치들이 랜덤하게 발생하니 만큼 운적인 요소도 무시할 수가 없는 최고의 난코스.

이번만큼은 에드 역시도 무시할 수 없었던지 관문에 돌입하기 전 잠시 심호흡을 하며 마음을 다잡는 모습이었지만, 재차 움직이기 시작한 그의 기세는 여전히 대단했다.

"흐앗! 크흑!"

꺼지는 바닥을 아슬아슬하게 뛰어넘고, 튀어나오는 벽에 스치듯 부딪혀서 흔들리는 몸의 균형을 힘겹게 잡아내며 양옆의 벽이 모두 좁혀들기 전에 관문을 통과하는 데 성공한 것이다.

『대단해! 지금까지 흘러간 시간은 불과 53초뿐이라구!? 이대로 클리어하기만 한다면 역대 최고의 기록이 나올지도 모르겠는데!』

굳이 제프의 중계가 아니더라도 확실히 에드의 도전은 시선을 집중시키게 만드는 무언가가 있었다.

일반인과 연예인 팀의 참가자들은 물론 강혁마저도 한순간 그의 도전에 시선을 집중시키고 있었던 것이다.

'하긴 이러니까 프로그램이 인기가 있는 거겠지.'

강혁은 약간의 인정을 하며 6번째 관문을 향해 돌입하는 화면 속의 에드를 주시했다.

6번째 관문은 총 4개의 밧줄을 이용해서 20미터에 가까운 공간을 지나쳐야 하는 일종의 아크로바틱 코스였다.

타잔처럼 밧줄을 타고 움직여 다음 밧줄로 이동하고 그것을 반복함으로 인해서 지나쳐야만 하는 코스인 것이다.

"아↗아↘아아아↗"

화면을 지켜보는 사람들을 의식했음일까.

에드는 마치 타잔과도 같은 소리를 내며 곧장 밧줄을 향해 몸을 내던졌다.

단숨에 1.5미터는 떨어져 있는 밧줄을 잡고 매달린 에드는 몸의 반동을 이용해서 그대로 앞으로 나아가 다시 허공으로 뛰어올라 다음 밧줄까지도 붙잡는데 성공했다.

『과연 맨즈 챌린지의 히어로야! 저게 바로 내가 항상 기대하며 지켜보게 되는 모습이라구!』

제프의 감탄을 들으며 에드는 연속으로 밧줄을 옮겨 타며 6번째 관문마저 순조롭게 통과했다.

다음의 코스는 두 번째의 난코스인 7번째 관문이었다.

지금까지는 참가자들을 통틀어 최고 기록이라고도 할 수 있는 구간.

7번째 관문은 미친 듯이 좌우를 오가는 발판들을 지나야 하는 코스였다.

발판들이 워낙에 빠르게 움직이기 때문에 서서 균형을 잡는 것만 해도 고역이었는데 그런 흔들림을 버티면서 빠르게 스쳐지나가는 발판들을 옮겨 타며 건너편을 향해 나아가야만 하는 것이다.

"후우…."

이번에도 에드는 발걸음을 멈춰 세웠다.

이번 관문만큼은 속도만으로 무언가를 도모할 수 있는 구간이 아니라는 것을 아니까.

3초가량 심호흡을 하며 숨을 고르던 에드가 7번째 관문으로 돌입했다.

『아아앗!』

첫 번째 도약을 하기가 무섭게 울리는 경호성.

발판에 오르자마자 균형이 확악 쏠리며 좌측으로 움직여간 탓에 에드의 몸이 떨어지는 것처럼 보였던 것이다.

하지만 에드는 몸을 웅크리고 손아귀에 잔뜩 힘을 주고 매달려 관성을 버텨내고는 발판들이 스쳐지나갈 때 망설이지 않고 몸을 내던졌다.

『오우! 이거 쫄려서 못 보겠군! 이번 회를 시청하게 될 팬들은 눈 호강을 하게 되는 거야!』

에드는 도약을 할 때마다 위태롭게 몸이 흔들리고 균형을 잡지 못해 휘청거리면서도 한 칸 한 칸씩 발판을 옮겨타서 끝내 7번째 코스마저 통과하는 데 성공했다.

『지금 이 순간 최고 기록 달성! 흘러간 시간도 고작 2분 17초에 불과하다구!』

방금 전까지 최고 기록자였던 작고 단단한 체구의 남자가 7번째 관문까지 도달하는 데까지 걸렸던 시간이 4분 12초였던 것을 고려해보면 대단한 기록이었다.

하지만 에드의 도전은 여전히 현재진행형이었다.

8번째 관문은 앞선 코스들에 비하면 꽤나 많이 쉽다고 할 수 있는 코스였다.

아무런 방해도 없이 그저 수직 각도의 벽으로 튀어나와 있는 장식들을 손잡이와 발판 삼아 등반하기만 하면 되는 코스인 것이다.

그러나 사실 보는 것처럼 만만한 코스는 아니었다.

지금까지 지나오며 소모된 체력이 있기 때문이었다.

등반 자체가 꽤나 체력을 소모하는 운동이었는데 이미 다량의 체력을 소모한 지금 등반을 하는 것은 단지 그것만으로도 이미 그만큼의 난이도를 지니고 있는 것이다.

"후욱… 후욱…!"

슬슬 지쳐가는 것이 눈에 보이는데도 에드는 멈추지 않았다. 앞선 코스들만큼은 아니지만 분명히 빠른 속도로 팔과 다리를 움직이며 벽을 타고 오른 것이다.

8번째 관문도 순조롭게 통과!

이제 두 개의 관문만 더 지나면 지옥의 시험대를 클리어할 수 있었다.

9번째 관문은 물이 흘러내리는 내리막길을 타고 내려와 그 속도를 이용해서 풀장의 한 가운데에 떠있는 기둥으로 매달려야 하는 코스였다.

미끄럼틀이 끝나는 순간 도약을 해서 기둥까지 날아가 매달리는 것만 해도 어려움이 있었지만, 그보다 더 어려운 부분은 다음 코스까지의 이동이었다.

매달린 기둥이 건너편까지 움직이는 동안 자리를 움직여서 해당 지점에 도달했을 때 다시 몸을 던져 매달려 올라야만 하는 것이다.

체력과 완력, 균형감각과 순발력을 모두 요구하는 고난이도의 코스.

"으야아아!"

기합을 내지르며 에드는 단숨에 미끄럼틀을 타고 내려오다가 그 끝에 닿기 전 성공적으로 도약했다.

그리고 기둥에 매달리는 것도 성공!

기둥을 붙잡고 이동해 건너편을 향해 이동하는 것 역시
도 성공이었다.

『지금까지 흘러간 시간은 고작 2분 57초! 오늘 어쩌면
우린 전설을 탄생을 보는 걸지도!?』

9번째 관문마저 통과한 에드는 헐떡거리면서도 발걸음
을 멈추지 않았다.

대망의 10번째 관문은 어찌 보면 의아하다 싶을 만큼 간
단한 코스였다.

흔들리는 다리의 위를 그저 지나가기만 하면 되는 것이
다.

물론 지나는 동안 양옆에서는 물대포 세례와 탱탱볼들이
날아오지만 앞선 코스들에 비하면 그야말로 보너스라고 해
도 좋을 만큼 쉬운 난이도였다.

그것을 느낀 걸까?

에드의 표정 역시도 조금은 긴장감이 풀려보였다.

그리고 10번째 관문의 시작점을 박차고 뛰어나간 에드의
신형이 빠르게 다리를 주파하기 시작했다.

『오우! 와악! 아우우!』

이제 중계는커녕 아예 짐승의 울음소리와 같은 감탄사만
을 토해내며 호응하는 제프.

그런 반응이 충분히 이해가 될 만큼 에드의 모습은 그야
말로 위기의 연속이었다.

느닷없이 정통으로 얼굴을 가격한 물대포 때문에 달리다가

균형을 잃는가 싶더니 콤보로 박혀 들어온 탱탱볼에 튕겨져 리타이어할 뻔한 것이다.

하지만 어떻게든 그것을 버텨낸 에드는 마침내 10번째의 관문마저 모두 통과했다.

이제 남은 것은 기록의 측정을 위해 클리어 룸에 있는 버튼을 클릭하는 일 뿐.

『아아~ 지금 바로 전설이 탄생했어! 이거야말로 전설이라고! 이제부터 에드를 이렇게 불러야겠어. 더 레전드 에드라고 말이야.』

제프의 호들갑을 배경삼아 에드는 더 이상 달리지도 않고 천천히 발걸음을 옮겨 클리어 룸을 향해 다가갔다.

그리고는 모든 것을 끝맺듯 긴장을 풀며 문을 열어 젖혔을 때였다.

-IF YOU SMELL~

레슬링 팬이었다면 누구라도 듣기만 하면 알 법한 강렬한 사운드와 대사가 울려 퍼졌다.

-WHAT THE IRON~ IS COOKIN!

지금껏 모두가 무심코 잊고 있던 이번 시험대의 최종 보스 드레인이 마침내 그 모습을 드러낸 것이다.

이제는 50대 초반의 나이임에도 불구하고 구릿빛의 단단한 근육질의 체구를 당당하게 드러내고 있는, 레슬러 더 아이언의 모습 그대로 말이다.

『오 마이 갓! 이거 장난하는 거지!? 설마 더 아이언이라니!

쩐어! 쩐다고!』

제프를 비롯한 모두가 흥분하는 가운데 드레인, 아니 더 아이언이 특유의 눈썹 퍼포먼스를 보이며 에드에게 달려들었다.

"어, 어어!?"

갑작스런 대쉬에 대응할 생각조차 하지 못한 채 엉거주춤하고 있는 가운데 드레인의 손아귀는 단숨에 에드를 붙잡아 지면으로부터 뽑아 올렸다.

그리고는 그대로 밀쳐내듯 밖을 향해 던져버리는 것이다.

"으와아악!"

순식간에 달려들어 문밖까지 밀쳐내 집어던지는 더 아이언의 힘에 에드는 너무나도 무기력하게 휘둘려서 애써 지나쳐왔던 10번째 관문 다리의 바닥으로 떨어져 내리고 말았다.

풍덩!

등으로부터 떨어져 내린 녹색 피부의 몸을 감싸며 물보라가 튀어올랐다.

『아앗! 마지막 순간에 등장한 보스에 대응하지 못하고 탈락! 마지막 버튼만 누르면 되는데……, 하지만 예외는 없지? 아깝지만 에드 클라크 역시도 탈락!』

흠뻑 젖어 약간은 얼이 빠진 에드의 모습이 비추어지는 것과 동시에 안타까움을 담은 제프의 멘트가 떨어졌다.

❖

"대박이군!"

오카스 핸슨은 눈을 빛냈다.

비록 아쉽게 실패로 끝나긴 했지만 기껏해야 5분 남짓의 짧은 시간동안 에드가 보여주었던 활약은 말 그대로 전설급이라고 해도 좋을 만큼 다이나믹했기 때문이었다.

'이래서야 각본을 바꾸어야 할지도.'

아무런 편집도 없이 그저 스쳐가는 영상의 흐름만으로도 에드의 도전은 매력이 있었다.

만약 저기에 적절한 편집과 촬영 기술이 들어간다면?

오카스는 벌써부터 가슴이 두근대는 것을 느꼈다.

'본래는 살인마 씨를 주인공으로 만들려고 했지만……'

"이래서야 메인의 고집을 들어줄 수밖에 없겠는 걸?"

오카스는 실소를 머금었다.

그는 바보가 아니었다. 게다가 자신의 분야에 한해서는 완벽주의자에 가까울 만큼 모든 것을 통제하려고 드는 성격인 것이다.

그런 그가 에드와 스텝 사이에 오간 거래를 모르고 있을 리가 없었다.

다만 그 정도가 심하지는 않다고 생각했을 뿐이고, 진정한 주인공이라면 작은 시련 정도는 자력으로 헤쳐 나갈 수 있다고 생각했을 뿐이었다.

'약간의 심술도 있긴 했지만.'

촬영장에서 벌어진 일련의 사건들의 내막에는 맨즈 챌린지라는 인기 프로그램을 굴려가는 PD로써 신인에게 건네는 텃세로써의 의미도 있는 것이다.

"아깝네."

오카스는 어느새 말라붙은 입술을 핥았다.

개국공신이라고도 할 수 있는 에드가 스스로의 가치를 부각시키며 날뛰어준 탓에 결국 포커스는 바뀔 수밖에 없게 되었지만……

제프 하몬이라는 희대의 캐릭터를 버려야만 하는 상황은 역시 PD로써는 아쉬울 수밖에 없었다.

'하지만 저래서는 활약은커녕 웃음거리가 되지 않으면 다행이고 말이지.'

사실 아이언맨 코스튬은 오카스의 계획에는 없는 아이템이었다.

아무리 예능적인 재미를 추구한다고 하지만 제대로 도전을 해도 될까 말까한 난이도의 관문에 도전하는 일이었다.

에드의 모습에서도 알 수 있다시피 완전한 프리의 상태에서 시도를 해도 쉽지 않은 일이었다.

헌데 하물며 움직임 자체에 제약이 생기는 복장을 입고서 할 수 있을 리가 없지 않은가.

본래 내정된 복장은 대마법사 캐릭터로도 유명한 닥터 스트레인지의 코스튬이었다.

기본 복장 자체가 코트의 형태인데다가 거추장스러운 망토까지 걸쳐야하기 때문에 여러 가지 제약이 생기게 되지만 적어도 움직임 그 자체에는 문제가 없는 것이다.

아마 계획대로 강혁이 닥터 스트레인지의 코스튬을 입게 되었다면 일말의 기대라도 품어봤을 것이었다.

'에드 정도의 활약은 아니더라도 말이지….'

그저 어느 정도 수준의 활약만 보여주어도 오카스는 강혁이 지닌 화제성을 부풀려 모두가 윈윈하는 그림을 만들어낼 자신이 있었다.

그게 바로 그가 하는 일이었고,

또 가장 잘하는 일이었으니까.

"하지만 이번에는 아쉽게 됐군."

오카스는 스크린 화면으로부터 시선을 거두었다.

강혁의 단독 주인공, 하다못해 에드와 함께 더블 주인공의 그림으로 몰고 가려 했던 계획이 완전히 어긋나고 말았다.

'뭐, 이것도 경쟁이니까.'

에드는 자신의 영역을 지키기 위해서 일종의 시위를 했고 그 결과를 이용해 성공을 거둔 것이었다.

오늘 처음 맨즈 챌린지에 참가하게 된 강혁의 입장에서 생각해보자면 안타까운 일이었지만, 어쩌겠는가? 그는 에드의 수작에 걸려들었고 그에 따른 결과를 떠안게 되었다.

그 결과를 수용해야하는 것은 결국 해당하는 당사자들인 것이다.

'그래도 어떻게 3관문까지는 가줬으면 좋겠네.'

흥미를 잃고 시선을 거두던 오카스는 여전히 지워낼 수 없는 아쉬움에 다시 화면으로 고개를 돌렸다.

『자! 다음 순서는 드디어 이분이시군! 데드문의 섹시한 살인마 가아앙~ 혀어어억!』

때마침 제프의 소개를 받은 강혁이 지옥의 시험대로 향하는 계단을 오르고 있었다.

❖

"……."

마치 이종격투기의 선수 소개가 연상되는 제프의 멘트를 들으며 강혁은 담담하게 발걸음을 옮겨 계단으로 향했다.

발걸음을 옮길 때마다 철컥 거리는 소리와 함께 여러 가지의 불편한 감각들이 전해져왔지만 강혁은 일말의 걱정도 하지 않았다.

몸을 짓누르는 무게감과 관절을 조여드는 불편함에도 이젠 어느 정도 익숙해진 상태였기 때문이었다.

말하자면 지금의 상태는 게임에서 좋지 않은 핑(PING)을 떠안은 것뿐이었다.

좋지 않은 핑을 받게 되면 반응속도가 1초가량 늦어지기도 하지만 그렇다고 해서 게임을 못하게 되는 것은 아니지 않은가.

'늦어진 리듬에 익숙해지면 될 뿐이니까.'

지옥의 시험대 입구에서 선 강혁은 사방에서 비추는 카메라들을 보며 자세를 취했다. 그리고는 적절한 긴장감이 흐른다 싶은 순간 뛰어오르는 것이다.

『오우! 이거 시작부터 쩌는 데? 갑자기 기대가 되기 시작했어!』

제자리에서 뛰어오른 강혁은 그대로 몸을 회전시키며 그대로 지면을 짚듯이 아래로 떨어져 내렸다.

한 손은 손과 무릎은 지면에 대고 나머지 팔과 다리는 다이내믹한 자세로 뻗어주는, 모든 슈퍼 히어로들의 상징과도 같은 착지자세.

슈퍼 히어로 랜딩을 보여준 것이다.

'이쯤하면 오프닝 포스는 보여줬다고 봐도 되겠지?'

강혁은 내심 만족한 기색을 드러내며 일부로 과장된 몸짓으로 천천히 몸을 일으키며 머리 옆쪽의 버튼을 눌렀다.

지이잉-

찰칵-

그러자 자동으로 움직이며 닫히는 헬멧.

이후 아이어맨 특유의 네모 납작한 눈으로 푸른색의 빛이 번쩍 하며 들어왔다.

『오호오오! 쩔어! 이건 정말로 쩐다고 밖에 말할 수 없는 장면이라고!? 순간 가슴이 다 설레었다니까? 하지만 오프닝 퍼포먼스가 쩐다고 해서 도전까지 성공할 수 있는 건 아니지.』

잠시 흥분하며 외쳐대던 제프는 이내 냉정을 찾으며 현실적인 상황을 중계하기 시작했다.

『멋지긴 하지만 그만큼 착용자에게 가해지는 불편함은 대단하지. 움직임의 제한은 물론이고 시야적인 제한까지 받는 복장을 입고서 과연 1관문이라도 통과할 수 있을까?』

정말이지 제프의 이야기는 틀린 바가 하나도 없었다.

강혁이 보통의 인간이었다면 말이다.

『그래도 언제나 기적은 일어나니까. 그 일말의 가능성에 걸어보며… 응원하겠어! 준비됐지? 그럼… 스타트!』

걱정과 아쉬움을 동시에 머금은 제프의 외침이 떨어지기가 무섭게 타앙! 하고 날카로운 총성이 하늘을 가른다.

그와 동시에,

"그럼… 가볼까!"

강혁은 지면을 박차며 뛰쳐나갔다.

첫 번째 관문은 내리막과 오르막이 이어지는 V자 코스.

하지만 강혁은 내리막길을 타고 내려가지 않았다.

콰악!

내리막을 향해 채 세 걸음이 나아가기도 전에 그대로 바닥을 박차고 도약하며 반대편의 벽으로 날아간 것이다.

『이런 맙소사!』

마지 양념처럼 들려오는 제프의 목소리를 들으며 단박에 반대편 벽의 끝에 도달한 강혁은 그대로 밧줄의 상단을 잡고 튀어오르는 몸을 뽑아 올리며 지면으로 올라섰다.

경과시간은 2초에 불과했다.

두 번째 관문은 물에 떠있는 징검다리.

강혁은 즉각 그대로 뛰어올라 한 번에 2개씩의 발판을 건너뛰며 단 3번의 도약 만에 코스를 지나쳤다.

경과시간은 4초.

세 번째의 관문은 외나무다리 코스였다.

강혁은 에드가 보여주었던 것과 마찬가지로 속도를 줄이지 않고 그대로 대쉬했다.

거추장스럽고 무거운 복장을 하고 있으면서도 오히려 더 빠른 속도로 바람같이 내달렸던 것이다.

『미친! 이건 진짜 사람이 맞긴 한 거야!?』

그런 제프의 감탄이 충분히 이해가 갈 만큼 지금 강혁이 보여주는 모습은 보는 이로 하여금 입이 쩌억 벌어지게 만드는 무언가가 있었다.

아슬아슬하게 튀어나오는 벽들을 지나쳐왔던 제프와는 달리 강혁은 아예 벽이 튀어나오기도 전에 자리를 벗어났다.

그렇게 세 번째 관문을 통과한 강혁은 곧장 네 번째 관문을 향해 내달렸다.

네 번째 관문은 철봉이 돌아가는 구름다리 코스.

"하아압!"

강혁은 달려가는 속도를 이용해서 그대로 도약했다.

그리고는 단숨에 구름다리의 중간지점에 가까운 거리까지 날아가서 철봉을 잡고 매달리는 것이다.

그런 다음 반동을 이용해 바로 몸을 날려 건너편에 착지했다.

『이건 닌자? 강혁은 닌자의 후예이기라도 한 거야!?』

제프가 놀라건 말건 강혁은 발걸음을 멈춰 세우지 않았다.

이번 지옥의 시험대 첫 번째 난코스라고도 할 수 있는 다섯 번째 관문마저도 곧장 돌입한 것이다.

다섯 번째 관문은 연속 함정 코스.

"훅, 후웁!"

마치 벼르고 있었다는 것처럼 다섯 번째 관문은 에드 때와는 비교도 할 수 없을 만큼 많은 수의 함정들이 산발적으로 발생했지만 강혁은 그마저도 손쉽게 통과했다.

마치 뉴타입이라도 된 것처럼 모든 것들이 벌어지기 이전에 이미 지나치거나 귀신같이 멈춰서 함정들을 스쳐 보내며 분신술과도 같은 움직임을 보여주었던 것이다.

『말도 안 돼… 지금까지 흘러간 시간은 고작 13초뿐이라고? 1분 3초가 아니라 13초야!』

강혁은 곧장 여섯 번째의 관문으로 돌입했다.

여섯 번째 관문은 4개의 밧줄을 이용해 강을 건너야 하는 아크로바틱 코스.

"흐아앗!"

강혁은 기합과 함께 몸을 날려 첫 번째의 밧줄을 잡고 매달려 그네를 타듯 이동해 줄의 장력이 끝에 달하는 순간 반동을 이용해 하늘 높이 튀어올랐다.

터업!

두 번째로 잡은 것은 3번째에 있던 밧줄.

그것을 잡은 강혁은 같은 방식으로 튀어올라 코스를 통과했다.

다음은 지옥의 시험대 두 번째의 난코스인 일곱 번째 관문.

일곱 번째 관문은 미친 듯이 좌우를 오가는 발판들을 지나야 하는 코스였다.

누가 봐도 속도를 내서는 통과할 수 없는 구간.

하지만 이번에도 강혁은 속도를 늦추지 않았다.

『이런 미친! 저걸 저렇게 지나갈 수 있다고? 저 녀석은 무슨 무중력 인간이라도 한 거야!?』

첫 번째 발판을 밟자마자 빠르게 움직이는 관성에 그대로 몸을 맡기며 딸려 가는가 싶던 강혁은 곧장 튀어오르며 앞으로 나아갔다.

그러자 아무 것도 없던 허공의 위로 거짓말처럼 생겨나는 발판.

강혁은 당연하다는 듯이 그것을 밟으며 좌측을 향해 재차 도약했다.

마치 처음부터 그런 코스를 지나야 한다는 것처럼 물 흐르듯이 도약을 이어간 강혁은 움직이는 장소마다 귀신같이 이동해 생겨나는 발판을 밟으며 단숨에 일곱 번째 관문마저 통과했다.

'이제 남은 건 3개뿐인가.'

8번째 암벽등반 코스와, 9번째 미끄럼틀 발판 건너기 코스, 그리고 물대포와 탱탱볼 등이 날아드는 흔들다리를 건너야만 하는 10번째 코스만 지나면 실질적인 시험은 끝이 난다.

'그나저나 내가 대단해지긴 했구나.'

곧장 몸을 던져 암벽을 타고 오르며 강혁은 새삼 감탄했다.

남들이 보기에는 이미 외계인에 가까운 움직임을 보여주고 있음에도 사실 꽤나 여유를 두고 있는 상태였기 때문이었다.

방금 전 7번째 관문을 통과할 때는 그래도 염동력의 도움 정도는 받아야 할 만큼 쉽지 않았지만, 그 외의 코스들은 정말이지 손바닥을 지나는 것만큼이나 쉽게 지나쳐온 느낌이었다.

50에 가까운 압도적인 순발력 스텟이 기본적인 반응속도와 민첩함은 물론 전체적인 감각과 시신경의 기능마저

향상시켜 마치 예언에 가까운 통찰력을 보일 수 있게 되었기 때문이었다.

『이젠 정말 뭐라고 말해야 할지 모르겠군.』

놀라다 못해 아예 넋이 나간 얼굴로 중얼거리는 제프의 목소리를 들으며 암벽 위로 뛰어오른 강혁은 9번째 관문은 물론 10번째의 관문까지 단번에 주파했다.

거기까지 걸린 시간은 불과 39초에 불과.

이제 남은 것은 기록 확정을 위한 보스를 쓰러뜨리는 일뿐.

-IF YOU SMELL~

문을 열자마자 들려오는 더 아이언의 BGM이 채 이어지기도 전에 대시한 강혁은 곧장 뛰어 올라 드레인의 태클을 피해 그 어깨를 밟고 올라섰다.

그리고는 그것을 뒤쪽을 향해 밀어 차며 포탄처럼 앞을 향해 날아 들어가는 것이다.

"으아악!"

풍덩-!

대시하던 속도에 더불어 발로 밀어내는 힘까지 실려진 드레인은 그대로 앞으로 밀려나가 문밖까지 걸어가 홀로 풀장에 추락했다.

그 사이 클리어 룸의 끝에 있는 버튼까지 날아간 강혁은 그 위의 발판으로 처음과 마찬가지로 히어로 랜딩의 자세로 착지했다.

그리고는 유유히 몸을 일으켜 세우며 버튼을 누르는 것
이다.

삐이익-!

클리어의 부저 소리가 시끄럽게 울리는 가운데.

『…….』

"……."

제프를 비롯한 장내의 모두가 침묵에 물들었다.

최종 낙점된 강혁의 클리어 기록은 44초였다.

톱스타 킬링 필드

hell is coming

chapter 2. 빅- 히어로 맨

Hell is coming

chapter 2. 빅- 히어로 맨

맨즈 챌린저의 녹화가 끝난 지도 사흘이 지났다.

어느새 다시 찾아온 주말.

"오오! 이거 진짜 대박인데? 반응 장난 아니다!"

강혁의 집으로는 연신 감탄을 토하는 종욱의 목소리가 시끄럽게 울려 퍼지고 있었다.

불과 1시간 전에 맨즈 챌린지의 이번 주 분이 방송을 탔기 때문이리라.

본래라면 강혁이 찍은 부분은 다음 주에나 방송이 나갈 예정이었지만, 지난회분을 찍었던 주역 참가자들 중 하나가 마약 섹스 파티 스캔들에 휘말리게 된 것이다.

덕분에 지난회분의 방송은 갈아엎을 수밖에 없게 됐으며,

그 땜빵으로 강혁이 출연한 분량의 방송이 나가게 되었다.

누가 봐도 압도적이라고 밖에는 할 수 없는 강혁의 활약이 고스라이 담겨진 분량의 방송이 말이다.

심지어 적절한 편집을 거쳐 BGM이 깔리고 에드와 대비되는 일종의 라이벌 구도까지 덧씌워진 완성본은 그야말로 전설급이라고 해도 좋을 만큼 대단했다.

'최고 시청률이 4.2%를 찍었다던가?'

맨즈 챌린지의 이번 방송이 찍은 시청률은 4.2%였다.

한국식으로 생각하면 케이블 방송에나 어울리는 낮은 시청률이었지만 실상은 이야기가 다르다.

미국은 한국과는 다르게 100만/3.0 이런 식으로 시청률을 집계하게 되는데, 앞이 최대 시청자수를 뜻하고 뒤가 18~49세들의 시청률을 뜻했다.

참고로 이번 맨즈 챌린지의 제대로 된 시청률 표기는 [681만/ 4.2%] 였다.

총 681만 명의 사람이 시청했으며, 유지된 18~49세 사이의 시청자들의 시청률은 4.2퍼센트를 찍은 것이다.

맨즈 챌린지의 평균 시청률이 [400만/2.2%] 정도인 것을 고려해보면 그야말로 대박이 터진 셈.

그것을 증명하듯 넷상에서의 반응도 장난이 아니었다.

어느 나라에나 그런 곳이 있듯이 미국에도 여러 가지 정보들이 난립하고 다양한 키워드들이 존재하는 대형 커뮤니티 사이트는 존재하고 있었는데, 방송이 끝난 지 불과 1시간 밖에 되지 않았음에도 벌써 난리가 난 것이다.

시작은 맨즈 챌린지를 즐겨보는 한 유저가 강혁이 도전을 하는 부분의 영상을 따로 편집하여 '빅– 히어로 맨!' 이라는 제목의 게시물을 올리면서부터였다.

기껏해야 1분 남짓의 영상만이 담겨진 게시물이었지만 해당 글은 단숨에 조회수 및 추천수 폭탄을 맞으며 해당 사이트의 최단기간 베스트 오브 베스트 기록을 달성했다.

이후부터는 영상을 퍼간 유저들이 자신이 활동하는 사이트나 개인의 블로그, SNS 등에 올리면서 파도처럼 퍼져나간 것이다.

[파란눈]: 이건 진짜 사람이 맞긴 한 건가?

ㄴ[노잼러]: 외계인이랍니다. 글 내려주세요.

ㄴ[노잼 보면 짖는 개]: 왈왈왈왈왈!

[동양의 신비]: 저게 바로 5000년 역사의 중국 무술이 가지는 위력이다. 아마도 강혁은 나라에서도 손꼽히는 쿵푸의 고수겠지.

ㄴ[판다독]: 강혁은 한국인이야 멍청아!

[수사관 제이슨]: 근데 진짜 저건 외계인이라고 해도 이상하지 않은데? 나도 운동을 하고 있어서 아는데 저건 어지간한 선수들도 보여주기 힘든 움직임이야.

[좀비짱짱맨]: 역시 데드문에서의 그 신들린 액션 연기가 그냥 나온 게 아니라니까? 저런 거 보면 사실 제프 하몬이

라는 캐릭터보다 강혁 본인이 더 센 거 아닐까?

ㄴ[히토미꺼라]: 와~ 그럼 데드문에서는 완전 힘 다 **빼**
고 찍은 거네?

ㄴ[프로불편러]: 강혁 그렇게 안 봤는데 완전 건방지네?
남들은 온 힘을 다 해서 찍는데 혼자서 설렁설렁 찍은 거
아냐? 하여간 이래서 동양인 놈들은…….

ㄴ[닥터Q]: 네다병?(네. 다음 병신?)

사이트들의 반응은 대강 이런 느낌이었다.

인터넷의 반응이라는 게 늘 그렇듯 호의적인 반응만 존
재하는 것은 아니었지만 절대 다수를 포함한 대개의 반응
은 그저 강혁이 보여준 도전이 대단하다는 것이었다.

게시물이나 리플들에 달린 반응들 중에는 '에드도 잘했
는데….'라는 씁쓸한 내용의 글이 있기도 했지만 그런 글
들 중 어느 것도 별다른 관심을 받지 못하는 듯 했다.

"뭘 계속 보고 있어? 어차피 반짝 이벤트 같은 거야. 그
러니까 그만 봐."

"반짝 이벤트라니! 이렇게 폭발적인 반짝이가 어딨냐?
내가 매니저 생활을 10년 넘게 했지만 이런 반응 뜬 것 본
거는 처음이다 진짜!"

"그럼 계속 보던가."

여전히 흥분을 지우지 못한 얼굴로 반박해오는 종욱의
말에 강혁은 결국 실소를 머금고 말았다.

그에게는 이런 소소한 성공들이 기쁨이겠거니 싶기도 했던 것이다.

'그나저나… 확실히 반응이 폭발하긴 했나보네.'

강혁은 누운 채로 톱스타 매니저의 상태창을 응시했다.

〈팬의 숫자〉: 현재 1817318명

〈충성 팬의 숫자〉: 29131명(92%)

〈인지도〉: 클라스는 어디 가지 않는다. 당신은 지금 '반짝 스타'로 끝날 수도 있던 대중의 관심을 다시 붙잡는 것에 성공했습니다. 이 기회를 이용해서 더 높은 곳으로 도약합시다.

대중들의 관심을 한눈에 알아볼 수 있는 팬의 관심도 창.

거기에는 200만을 앞두고 있는 팬의 숫자가 실시간으로 갱신되고 있었다.

데드문 1기의 방송이 끝나고 잠시 휴식기간을 가지면서 천천히 늘어가던 팬의 숫자도 잦아들고, 근래에는 한두 명씩 줄어드는 모습까지 보이던 다시금 폭발적인 성장세를 보이기 시작한 것이다.

불과 어젯밤 확인했던 팬의 숫자가 170만대 초반이었었으니 한순간에 10만에 가까운 팬이 늘어난 셈이었다.

더군다나 그 숫자는 계속해서 빠르게 늘어가고 있는 상태.

이 속도라면 오늘이 지나기 전에는 200만을 찍을 수 있을지도 몰랐다.

충성 팬들의 경우 국내의 팬들로 설정해두었으니만큼 별다른 변화가 없었지만, 알게 모르게 찾아본 바로는 슬슬 국내의 커뮤니티 사이트들에도 해당 영상이 퍼지고 있는 상태였다.

만약 그렇게 되면 충성 팬들의 숫자도 대폭 상승시킬 수 있을지 모르는 것이다.

'충성 팬 게이지도 거의 끝까지 채워진 상태니까… 이번에는 정말로 저게 뭔지 알 수 있겠군.'

충성 팬의 숫자 옆에 새겨진 정체불명의 게이지는 이미 92%까지 차오른 상태.

불과 8%만 더 오르면 아마 뭐가 됐든 게이지의 정체에 대해 알 수 있게 되리라.

'팬수 200만 달성하면 퀘스트도 새로 생겨나려나?'

현실로 돌아온 지도 어느덧 2주에 가까운 시간이 지난 상태였지만 퀘스트 라인은 여전히 2개밖에 떠올라 있지 않았다.

일반 퀘스트인 [주연이 되자(B등급)]와 레어 퀘스트인[대표작의 기회] 만이 퀘스트 창의 자리를 차지하고 있었다.

두 가지 퀘스트 모두 다 이번에 김상욱과 함께 할 영화 '달무리' 를 찍게 되면 해결될 내용의 퀘스트였지만, 아직 촬영에조차 들어가지 않았기 때문인지 계약서를 썼음에도 갱신이 되지는 않은 듯 싶었다.

다시 이틀이 지났다.

지긋지긋한 월요일이 돌아온 것이다.

직장인들은 꿀맛 같던 주말을 떠나보내고 다시 일터로 나가 힘겨운 한주를 시작해야만 하는 날이었지만, 배우라는 직업을 지닌 강혁에게는 해당사항이 없는 일.

최근 이맘때의 강혁은 느긋하게 9시나 되서 잠에서 깨어나 침대에서 뒹굴다가 그 뒤로도 한 시간은 되야 침대 밖을 나서는 게 일상이었다.

그러다가 간단히 세수를 하고 밖으로 나가서 산책 겸 조깅을 하고 간간히 마주치는 팬들에게 팬서비스도 해주면서 돌아온 뒤 샤워를 하고 나면 다시 또 나른한 하루가 이어지는 것이다.

주말과 별로 다를 것도 없는 하루.

스케줄이 없는 연예인의 활동이란 게 원래 그랬다.

특히나 이미지 관리가 중요한 배우의 경우에는 그런 부분이 더 심한 것이다.

그래서 대부분의 배우들은 집안에서 혼자 할 수 있는 취미를 가진 경우가 많았고, 강혁 역시도 유일한 취미라고 할 수 있는 게임에 빠져 하루를 진탕 보낼 예정이었지만…….

오늘의 강혁은 모처럼 만의 월요병을 맞이하고 있었다.

9시는커녕 새벽 5시에 눈을 떠서 스케줄을 맞아 움직여야만 했기 때문이었다.

"너무 빡센 거 아냐?"

"이것도 최대한 간추린 거야! 그러니까 좀 적당히 활약하지 그랬냐?"

"그러게. 그냥 대충 하고 올 걸… 괜히 웬 자식이 시비를 거는 바람에…….."

"그럼 나는 그 자식한테 감사해야겠다. 아주 일복이 터지게 만들어 줬으니까 말이야."

종욱은 정말로 신이 난 것처럼 보였다.

일이 많아지면 결국 자기도 피곤해지는 건데 뭐가 저리 기쁜 건지.

'그야 스케줄이 많아진다면 내 쪽에서도 나쁠 건 없지만… 아무리 그래도 하루에 8건은 너무 하잖아!'

이건 뭐 갓 데뷔한 아이돌 그룹도 아닌데 추가 근무에 야근까지 하게 될 기세다.

'라디오 게스트 출연에, 잡지 촬영, 댄스 프로그램 패널에 진짜가짜 쇼 게스트 출연에 또 뭐가 있더라?'

"끄응."

뭔 놈의 프로그램들이 그리 많은지.

떠올리는 것만으로도 머릿속이 복잡해질 것만 같은 다양한 프로그램들이 강혁의 스케줄에 등록이 되어 있었다.

'뭐 그래도 바쁜 건 내일까지라니까.'

사실 월요일 하루에 다 몰아놓고 보니까 많아 보이는 거지 실제로 들어온 섭외 건수는 도합 13건 정도에 불과했다.

물론 실제로 들어온 섭외는 인터뷰까지 포함하면 거의 100건에 가까울 정도였지만 종욱이 간추리고 간추린 건수만 합하면 13건이라는 뜻이었다.

다만 알찬 건수들만 챙기려다보니 날짜가 겹치게 됐고, 그러다보니 하루에 8건이나 돌아야 하는 기형적인 스케줄 표가 생성되게 된 것이다.

오늘 8건 일정에 내일이 4건까지만 하면 해내고 나면 남은 것은 나흘 뒤인 토요일에나 찍게 되는 SNL(Saturday night live)호스트 출연 건 하나밖에는 없었다.

'하, 그런데 설마 SNL출연 제의가 들어올 줄은 몰랐네.'

SNL은 미국을 대표하는 예능 방송으로써 무려 1975년부터 이어져온 전통적인 예능 방송이자 쇼였다.

초대된 호스트를 중심으로 이어지는 생방송 예능 프로그램으로써 지금에 와서는 나름 톱스타에 가까운 수준의 사람들만이 출연할 수 있는 핫하디 핫한 방송.

SNL은 한국에서도 SNL코리아라는 이름으로 포맷을 수입해서 가져와 나름 성공적인 인기를 끌고 있었지만, 북미에서 가지는 SNL오리지널이 가지는 관심도와 비교하면 그야말로 새 발의 피라고 해도 과언이 아닌 것이다.

'한국으로 치자면 무도정도 되려나?'

어중간한 스타들은 출연하는 것만 해도 그 인지도가 대폭 상승함은 물론 이미지의 전환도 가져올 수 있기 때문에 경쟁이 치열한 방송이었다.

헌데, 그런 곳에서 먼저 섭외가 날아오다니…….

확실히 지난주 맨즈 챌린지 방송의 파급이 크긴 컸던 모양이었다.

"참! 너 시나리오들 좀 읽어봐라."

"응? 무슨 시나리오?"

왠지 모를 격세지감에 잠겨있던 강혁이 고개를 꺾으며 묻는다. 종욱은 뒷좌석의 투박한 가방을 가리키며 말했다.

"주말 동안에서 여러 군데에서 너한테 한번 보라고 시나리오들이 아주 물밀 듯이 들어왔거든. 그 중에 괜찮은 것들만 간추려서 뽑아본 거야."

"우리 이미 영화 들어가는 거 있잖아?"

"그건 아무리 그래도 국내파 영화잖냐. 그래도 본 무대가 미국인데 헐리웃 영화에서 활약을 해야 되지 않겠어? 그리고 이렇게 관심이 폭발할 때 미리 좀 길을 열어놔야지 계속해서 벌어먹지."

마치 엄마와도 같은 종욱의 잔소리에 강혁은 진저리를 치며 고개를 내저었다.

"아~ 뭘 벌써부터 그렇게…….."

"세상일은 모르는 거라니까? 이러다가도 갑자기 훅 갈 수가

있다니? 꼭 사고를 치고 해야지만 가는 줄 아니? 별 일 안 해
도 어느 순간 그냥……."

"훅 간다고? 알았다 알았어. 알았으니까 그만해! 시나리
오 볼테니까."

"후후, 그래야지 내 배우지."

"하여간…."

강혁은 툴툴대면서도 종욱의 가방을 뒤져 시나리오들을
꺼내어 들었다.

가방에는 총 4개의 시나리오집이 있었다.

강혁은 그중 가장 위쪽에 놓여 있던 종이뭉치를 집어 들
었다.

'좀비스?'

종이의 상단에 적힌 제목은 다름 아닌 [좀비스] 였다.

강혁은 '또 좀비인가…,' 라고 탄식을 하면서도 종이를
넘겨 대강의 시나리오가 지닌 설정과 이야기들을 확인하기
시작했다.

'음? 이건 좀 독특하긴 하네.'

해석하면 '좀비들' 이라는 뜻이 되는 영화의 시나리오가
표방하는 장르는 코믹 공포였다.

흔히 코믹 공포라고 하면 화장실 개그로도 유명한 '무서
운 영화' 시리즈를 떠올리기 쉽지만 이 경우에는 좀 더 철
학적이라서 더 웃길 수밖에 없는 일종의 블랙 코미디물이
었다.

좀비 아포칼립스에서 살아남은 생존자들의 이야기가 아닌 말 그대로 좀비들의 입장에서 이야기를 진행해나가는 것이다.

그저 '우어어~' 거리면서 걷거나 뛰어다니고 살아있는 사람들을 공격해 뜯어먹으며 머리가 박살나면 맥없이 죽어 없어지는 그런 좀비들이 아니라 말 그대로 좀비들의 사회에 대해서 말하는 이야기인 것이다.

사람들의 개나 고양이의 말을 알아들을 수 없듯이 좀비들 역시도 말이 통하지 않을 뿐 자신들끼리 통하는 언어가 존재하며 나름의 생존요령이 존재한다는 데서 출발하는 이야기였다.

'근데 좀비들에게도 사회랄 게 있나?'

왠지 흥미가 생긴 강혁은 무심코 종이를 넘기다가 그만 푸흡 하고 실소를 머금고 말았다.

"응? 왜 그래?"

"아냐. 아무것도. 그냥 설정이 참 쇼킹하다 싶어서."

"잘 봐둬. 네 헐리우드 데뷔작이 될지도 모르니까."

"네네~"

대충을 손을 내저어 종욱의 잔소리를 물린 강혁은 다시금 시나리오에 집중했다.

'언어학자라니….'

좀비스에서 주인공으로 나오는 좀비 진의 직업은 다름 아닌 언어학자였다.

변하기 전에 가졌던 직업을 고스라이 계승하여 여전히 그 일에 몰두하는 것이다.

진의 목적은 좀비들끼리만 통하는 언어를 체계화하고 그 것을 바탕으로 인간의 언어와 맞추어 육성으로 표출하고 그를 통해 인간과 대화를 이끌어가는 것이었다.

대부분의 좀비들은 '식욕'이라는 본능을 이겨내지 못해 그저 의미 없이 거리를 헤매며 피와 살점을 갈구하지만 그 들이라고 해서 생각이 없는 것은 아니라는 걸 알고 있기 때 문이었다.

인간들을 공격하는 좀비들도 본능을 이겨내지 못해 습격 을 하긴 하지만 결국에는 정신을 차리고서는 죄책감에 휩 싸였다.

진은 언어의 연구를 통해 이러한 사실들을 인간들에게 알리고 서로 상생함으로 인해 더불어 살 수 있는 환경을 만 들기 위해 노력하는 캐릭터였다.

다만 전생의 기억을 좀 더 많이 지니고 스스로의 목적의 식도 지니며 식욕조차 어느 정도는 억제할 수 있을 만큼 '특별한' 좀비이긴 해도 결국 좀비는 좀비이기에 연구는 원활하게 이루어질 수 없다.

하루에도 몇 번씩 하려던 행동을 까먹거나 목적의식을 지워버리고 본능에 휩싸여 거리를 떠돌거나 하는 것이다.

시간이 가면 갈수록 뇌가 퇴화해가며 세포가 죽어가기 때문이었다.

'여기서 러브 라인인가.'

정신없으면서도 필사적인 진의 삶에 변화가 생기는 시점은 여성 생존자인 '에이프릴'이 그의 집으로 찾아오고 나서부터였다.

다른 생존자무리와 함께 생필품 수색을 나섰다가 좀비떼의 습격을 받아 무리와 떨어지고 필사의 도주를 해 버려진 집으로 숨어드는데 성공한 에이프릴은 그대로 맥이 풀려 주저앉고 만다.

갑작스레 집으로 찾아온 인간의 모습에 진은 놓칠 수 없는 기회라고 여겨 그녀를 포획하고 기절시켜 방안에 가둔다.

그런 다음 연구를 진행하여 하나둘씩 언어를 합일시켜가는 것이다.

그러는 사이에 진은 에이프릴을 먹고 싶다는 충동에 휩싸이기도 하고 함께 생활하며 자연스레 생길 수밖에 없는 여러 가지 해프닝들에도 휩싸이며 지난한 한 때를 보낸다.

'이러다가 사랑에 빠진다고? 그럴 수가 있나?'

결국 이야기는 두 사람의 사랑이 이루어질 수 없는 비극으로 끝을 맺는 것으로 막을 내린다.

시간이 가면 갈수록 진은 '언어학자 진'으로써의 인격을 잊어버리고 좀비로써의 본능이 더 가까워진다.

서로의 마음을 확인하고 수줍은 키스까지도 나누었지만 그 이상은 나아갈 수가 없는 것이다.

에이프릴은 여전히 살아있는 인간이었으며, 진은 이미 한 번 죽어버린 존재인 것이다.

점점 버티기 힘들어지는 본능과 이성의 갈등에서 진은 자신의 최후를 에이프릴에게 부탁한다.

그녀를 위해 밖을 나서 생필품들을 구하면서 생존자들이 떨어뜨린 권총을 주워왔던 것.

에이프릴은 울먹거리면서 절대 안 된다고, 무언가 방법이 있을 거라며 도리질을 치지만 눈앞에서 실시간으로 변해가는 '연인'의 모습에 끝내 눈을 감으며 방아쇠를 당기고 만다.

미간이 관통당한 진은 웃는 얼굴로 최후를 맞이한다.

홀로 남겨진 에이프릴은 진이 마지막으로 전해준 종이뭉치를 펼쳐보고는 또 한 번 억수 같은 눈물을 쏟고 말았다.

종이뭉치에는 그녀가 진과 이야기하며 말해왔던 생존자 마을까지로 향하는 안전한 경로와 이동 방법들이 그림까지 동봉하여 자세히 그려져 있었던 것이다.

무너져 울다가 결국 정신을 차린 에이프릴은 종이뭉치의 정보를 바탕으로 진이 미리 닦아놓은 안전한 길목들을 지나쳐 커뮤니티로 돌아간다.

그렇게 1년 뒤.

좀비들과 인간들의 사이는 커다란 전환점을 맞이한다.

진이 연구해왔던 자료들과 함께하며 알 수 있던 지식들을 바탕으로 에이프릴이 끝내 인간과 좀비들의 언어가 통할 수 있는 새로운 언어구성을 만들어낸 것이다.

물론 그런다고 해서 좀비들이 인간이 될 수 있을 리는 없었으며, 어떠한 제약도 없이 더불어 살아갈 수 있게 된 것은 아니었지만, 적어도 서로를 이해할 수는 있게 되었다.

이후 인간들은 위험하게 울타리의 밖으로 나서지 않아도 살 수 있게 되었다.

굳이 위험을 자초하지 않아도 좀비들과의 교역을 통해 적절한 교환을 할 수 있었기 때문이었다.

'뭔가 씁쓸하면서도 애매한 결말이네.'

초반의 공포스러우면서도 묘하게 우습던 분위기는 마지막으로 치달으며 철저하게 '슬픔' 과 '초연함' 이라는 감정에 가까워진다.

뭔가 코믹 공포라는 장르를 표방하기에는 애매하면서도 또 한편으로는 그것이 이해가 되기도 하는 신기한 느낌이 드는 작품.

'이건 확실히 도움이 될지도.'

그냥 흔한 좀비물의 이야기였다면 끝까지 읽어보기도 전에 시나리오집을 던져버렸을 것이었다.

이미 강혁은 '제프 하몬' 이라는 캐릭터로 강력한 이미지를 구축한 상태였으며, 최소 6시즌까지 출연하기로 이야기가 진행이 되어 있었다.

그런데 거기에 또 좀비 아포칼립스 생존자의 이미지를 더할 필요는 없지 않은가.

하지만 '좀비스'의 시나리오는 오히려 역의 입장에서 연기를 할 수 있다는 점에서 꽤나 구미가 당기는 이야기였다.

진이라는 캐릭터는 서서히 변해가는 흐름 속에서 체념과 욕구가 뒤섞여 맺어지는 심리적인 변화를 보여주어야만 하는 꽤나 고난이도의 배역이었기 때문이었다.

아마 모르긴 몰라도 이 작품을 택해 연기를 할 수만 있다면 배우로써의 스킬이 한 단계는 더 성장할 수 있을 터.

'일단은 보류해둬야겠네.'

강혁은 마지막장까지 넘겼던 '좀비스'의 시나리오집을 덮으며 옆에 따로 치워두었다.

"오! 그게 마음에 든 거냐? 좀비스? 햐~ 그거 괜찮지. 감독도 괜찮고 제작진도 나쁘지 않다고 하더라."

"벌써 거기까지 진행된 건이야? 근데 감독이 누군데?"

"M. 나이트 샤말란."

"뭐? 진짜? 그 식스센스 만든 그 감독?"

"그래. 그거. 브루스윌리스가 귀신이다! 그거."

"헐…."

강혁은 그만 말문을 잊고 말았다.

무심코 물어본 질문에 생각지도 못한 대물이 튀어나왔기 때문이었다.

M. 나이트 샤말란.

인도 출신의 감독인 그는 '식스센스'라는 작품으로

'반전'이라는 키워드를 신드롬에 가깝도록 널리 펼쳐낸 거장 중에 거장이었다.

헌데 그가 참가하는 작품이라니…….

'이 작품을 택해야만 할 이유가 하나 더 늘었군.'

영화에서 배우나 시나리오만큼이나 중요한 것이 그것을 연출하는 감독이라는 것은 부정할 수 없는 사실이었다.

헌데 무려 거장인 M. 나이트 샤말란의 영화라면 머리를 숙여 부탁을 해서라도 들어가야만 하는 것이다.

"형. 진짜 이거 나한테 들어온 시나리오 맞아?"

"맞다니까? 특히나 좀비스는 감독이 콕 집어서 널 요청했단다."

그 M. 나이트 샤말린이 직접 지명을 했다니… 믿지 못할 일이었다.

'벌써 내가 이런 위치까지 온 건가?'

새삼스럽게 치솟는 감정에 휩싸이며 감격에 물들어가고 있을 때였다.

"아! 근데 그거 확정은 아니다?"

"엉?"

"배역 확정은 아니라고. 오디션 권유야. 혹시나 착각하고 있을까봐."

"…역시?"

쐐기와도 같이 박혀드는 종욱의 팩트 폭력에 강혁은 한숨을 내쉬었다. 그리고는 '그럼 그렇지….' 하고 한탄의 말을 토하며 고개를 떨구는 것이다.

'뭐, 그래도 이런 작품의 권유가 들어온 것만 해도 분명 대단한 성장이라고 할 수 있으니까.'

강혁은 애써 긍정적인 생각을 떠올리며 다음 시나리오를 집어 들었다.

첫 스케줄이 잡힌 라디오 방송국은 이른 새벽 시간임에도 차로 2시간은 달려야 나오는 거리에 있었기 때문이었다.

'어디보자….'

강혁은 집어든 시나리오의 상단을 응시했다.

그리고는 저도 모르게 신음을 내고 말았다.

"헉!"

생각지도 못한 제목이 상단에 새겨져 있었기 때문이었다.

상단에 적혀진 제목은 다름 아닌 [이블 데드] 였다.

단순히 해석하면 '악의 죽음' 같은 뜻이 되지만 그 이름은 상당히 유명한 것이었다.

무려 1983년도에 만들어진 고전 영화로부터 시리즈까지 만들어졌으며 가장 최근인 2013년도에는 리부트 되어 만들어지기도 했던 그 이름이 또 다시 모습을 드러낸 것이다.

원작부터가 공포 영화계에서는 마스터피스에 가까운 작품이었으며, 리부트 된 작품 역시도 꽤나 괜찮은 평을 받은 기록이 있는 작품.

헌데 바로 그 작품에서 배역이 들어온 것이다.

그것도 주인공인 '애쉬'의 역할로써 말이다.

이블 데드의 스토리는 지금으로 보자면 고전에 가까울 만큼 단순하다.

주인공인 애쉬를 비롯한 친구들이 으슥한 산장에 놀러왔다가 한밤중에 지하실 뚜껑 문이 혼자 열리고, 호기심에 내려가 본 지하실에서 이상한 가죽표지의 책과 카세트 테잎을 발견한다는 이야기.

일행은 무심코 산장 한쪽 구석에 놓여 있던 낡은 라디오를 가져와 테잎을 트는데, 그곳에서는 고대 악마에 대해 연구했다는 고고학자에 대한 기록이 나오고, 후반부에는 악마를 깨운다는 주문이 흘러나온다.

모두는 기분이 나쁘고 으스스해진다며 얼른 테이프를 꺼내고 잊어버리려고 했지만 이미 상황은 돌이킬 수 없어진 상태였다.

주문을 통해 악마는 이미 깨어났으며, 그 앞에 놓인 일행은 고스라이 그 제물이 되고 말았기 때문이었다.

하나 둘씩 악마에 홀려 미쳐가고 난폭해져가는 과정에서 영화는 철저하게 피와 살점이 난무하는 고어와 호러의 기본을 따른다.

포맷이 단순하니만큼 오히려 더 성공하기 힘든 작품.

헌데 그것을 또 한 번 리부트 한다니…….

'이건 좀 위험한데.'

태생부터가 원작 및 전작들과 비교 받을 수밖에 없었으며, 조금만 삐끗하면 아예 커리어 자체가 망가질 수도 있을 만큼 위험한 작품이었다.

그런 점에서는 배우로써 도전이 의식 같은 것이 생기기도 했지만,

'일단 이건 좀 더 미뤄두자.'

다른 대안이 없는 것도 아닌데 굳이 위험을 감수할 필요는 없으리라.

강혁은 새롭게 리부트 될 이블 데드의 시나리오를 읽지도 않고서 시나리오집을 다시 종욱의 가방 속으로 되돌렸다.

'세 번째는….'

세 번째 시나리오집을 꺼내어 제목을 읽은 무심코 미간을 찌푸리고 말았다. 제목부터가 눈살을 찌푸리게 만들었기 때문이었다.

[미치광이 살인마 척]

제목부터 B급의 향기가 물씬 풍기지 않는가?

대체 뭔 생각으로 이런 제목을 지은 거지?

혼란스러운 머릿속을 추스르며 차마 페이지를 넘기지 못하고 제목만을 응시하던 강혁이 말했다.

"형."

"엉?"

"이거… 미치광이 살인마 척."

"아, 그거?"

"이건 대체 왜 넣은 거야?"

암담한 표정으로 묻는 강혁의 말에 종욱은 어색하게 웃으며 말했다.

"그거 제목이 그래서 그렇지 생각보다 각본은 괜찮아. 영화계에선 유명한 작가가 써낸 작품이고. 뭐… 제목이 안티인 셈이지."

"…그래?"

저도 모르게 한숨을 내쉬며 대답을 받은 강혁은 재차 한숨을 내쉬고는 손에 들린 시나리오집으로 시선을 옮겼다.

'그래… 읽어보기라도 하자.'

당장에 가방에 처박아버리고 싶은 충동을 애써 지워내며 강혁은 '미치광이 살인마 척'의 시나리오집 페이지를 넘겼다.

"…흐음."

빠르게 시나리오를 읽어 내려가던 강혁의 입가로 신음이 새어나왔다.

'생각보다 괜찮은데?'

종욱의 말 그대로 미치광이 살인마 척. 이하 살인마 척은 제목이 안티인 계열의 이야기였던 것이다.

살인마 척은 공포를 가장한 코믹 장르의 이야기였다.

방학을 맞아 외딴 산장에 놀러온 대학 친구들이라던가, 그곳에 남겨진 흉흉한 살인마의 이야기, 산장으로부터 멀리 떨어지지 않은 곳에 혼자 거주하고 있는 수상한 남자의 등 장까지.

철저하게 고전 공포 영화의 클리셰를 다 집어넣으면서도 그것을 비틀어 코믹에 가까운 진행을 보여준다.

분명 상황은 점점 악화되어가고 사람은 하나둘씩 죽어나 자빠지는데 실은 그것들이 모두 오해에서 비롯되는 아이러 니함이 발생하는 것이다.

모든 것은 놀러온 대학생 친구들이 자기네들이 나누었던 살인마 이야기에 쫄아서 잘못된 상상을 하는데서 비롯된다.

가뜩이나 쫄아 있는 상태에서 마침 근처에 이야기 속의 살인마와 비슷한 이미지를 가진 사람이 보이니까 지레 겁 을 먹고 간을 보려다가 그것이 사고로 변하고, 그에 따른 오해는 점점 더 커져만 가는 것이다.

예를 들자면 이런 것이다.

누군가가 혼자 사는 척을 발견하고 일행에게 알리고 친 구들 중 나름 용기가 있는 한 명이 만류에도 불구하고 정찰 을 나간다.

헌데 이미 상대를 살인마일지도 모른다고 가정하고 있는 데 정면으로 다가갔겠는가.

상대가 보이지 않는 각도로 숨어들어 일부로 척의 집 뒤 편으로 빙 돌아서 나무를 타고 진입한 용기남은 장작을 패 고 있는 척의 모습을 지켜보다가 조용히 물러나려다가 발을 헛디뎌 떨어지고 만다.

문제는 척은 귀가 잘 들리지 않는 장애를 앓고 있었고, 용기남이 떨어져 내린 장소에는 하필이며 뾰족하게 솟아오른 나무가 있었다는 점이었다.

등으로부터 떨어져내려 나무에 꿰뚫린 용기남은 그대로 즉사하고 만다.

그리고, 다음날 용기남이 돌아오지 않자 뒤따라 나섰던 일행들 중 하나가 처참한 모습으로 죽어있는 용기남의 시체를 발견한다.

그것을 기점으로 공포심이 폭발한 대학생 무리는 도망가서 신고를 하자는 쪽과 친구의 복수를 갚아야 한다는 쪽으로 나뉜다.

헌데 하필이면 타고 왔던 차의 엔진이 나가버리고, 만약을 대비해 사두었던 연료통은 구멍이 뚫려서 기름이 다 새버린 상태인 것이다.

게다가 타이어는 두 개나 펑크가 난 상태.

실제로는 비포장도로를 속도도 줄이지 않고서 달려온 탓에 생겨난 부작용들이었으며, 기름을 담은 통은 처음부터 작은 구멍이 뚫려 있었던 것을 발견하지 못했던 탓이었지만, 이미 공포심에 사로잡힌 이들에게 그런 사고가 가능할 리가 없었다.

결국 모든 것이 살인마 척의 짓이고, 그가 그들 모두를 희생자로 삼을 생각이라는 결론이 나버린 순간 일행들은 적극적으로 척을 상대하기 시작한다.

누군가는 무기를 찾아서 들었으며, 또 누군가는 함정을 만들었으며, 또 누군가는 대항 자체를 포기하고 걸어서라도 도망을 치려고 했지만 하나 같이 결과는 좋지 않았다.

낡은 도끼를 찾아서 직접 척을 공격하려고 했던 남자는 아이러니하게도 스스로의 도끼날에 목숨을 잃는다.

기가 막히게도 나무등치 아래에 피어난 버섯을 보고서 그것을 채집하기 위해 몸을 숙이는 동안 휘둘러진 도끼가 딱딱한 나무껍질에 부딪힌 것이다.

문제는 제대로 다뤄보지도 못한 도끼를 전력으로 휘두른 탓에 도끼의 날이 비틀린 상태로 나무에 부딪혔고, 그 탓에 낡은 자루에서 튕겨져 나온 도끼날이 역으로 날아가 휘두른 사내의 미간에 박혀든 것이었다.

다이나믹한 자살을 한 남자는 그대로 신음하며 비틀거리다가 자빠져서 숨을 거둔다.

그러는 사이에 버섯을 채집하는데 성공한 척은 뭔가 이상한 느낌에 뒤를 돌아보지만 달라진 것은 없었다.

도끼날이 미간에 박힌 시체는 하필이면 덤불 속으로 넘어져서 완벽하게 은폐된 상태이기 때문이었다.

'잘만 만들면 엄청 웃길 것 같긴 한데 말이지.'

미치광이 살인마 척의 이야기가 지닌 흐름인 처음부터 끝까지 다 이런 식이었다.

살인마로 오인 받은 척은 그저 인상이 좋지 않은 사람이었을 뿐이었으며, 오히려 청각적인 장애 때문에 괴롭힘을 받아 홀로 살기로 결심한 피해자였다.

그리고 모든 사고가 벌어지는 동안 척은 철저하게 주변에서 벌어지는 일들을 알아채지 못한 채 자신의 삶에만 집중하며 살아간다.

죽어나자빠지는 이들은 모두 스스로의 오해와 실수로 인해 떠안게 되는 결과물인 것이다.

'엔딩이 좀 애매하긴 한데 말이지.'

이야기의 끝은 대학생 일행 중 유일하게 여성이었던 캐롤이라는 캐릭터와 척이 눈이 맞아 사랑을 하게 됨으로써 끝을 맺는다.

진행도만 봐서는 대체 어떻게 그리 되는지 짐작도 가질 않겠지만 나름의 이유는 있었다.

대학생 일행을 주도하던 리더격에 가까웠던 남자가 대책을 세우고 진행을 할수록 악화되는 상황에 스스로를 너무 몰아붙였고 그 결과 미쳐버린 것이다.

악마를 잡기위해서는 스스로가 악마가 되어야된다는 논리로 난폭해져버린 리더는 말리려드는 친구를 홧김에 죽여버리고 만다.

그 모습을 본 캐롤은 결국 도망을 결심하고 이른 새벽을 틈타 산장을 떠나지만 얼마 가지 못해서 발이 묶이고 만다.

밤눈이 어두워서 방향을 잘못 잡은 탓에 하필이면 척이 있는 집 근처로 갔고 거기에서 일찍부터 사냥을 위해 나섰던 척과 마주치게 된 것이다.

도망을 가려던 캐롤은 그만 덩굴에 걸려 넘어지게 되고 발목이 끼어서 도망가지 못하는 상황에 절망하며 울지만 척은 가만히 다가와 덩굴을 풀어줄 뿐이었다.

원래 사람의 감정이란 게 그렇지 않던가.

극도의 공포상황에서 건네진 안심의 말에는 더 큰 감격을 받게 되는 법이다.

침착하게 덩굴을 풀어주고 이젠 괜찮다는 말을 건네며 안심시키는 척의 말에 한순간 모든 무장이 풀려버린 캐롤은 그대로 그를 따라 척의 집으로 간다.

그리고는 부어버린 발목을 치료받고 뜨끈한 커피를 마시며 별 거 아닌 이야기를 나누며 오해를 했음을 깨닫게 되는 것이다.

문제는 그런 진행상황을 리더격인 남자가 지켜보고 있었다는 점이었다.

질투심과 분노로 얼룩진 리더는 척 뿐만 아니라 캐롤마저 죽여 버리려고 하지만 '진짜' 살인마에 대항하여 힘을 합쳐 싸운 두 사람의 행운에 결국 무릎을 꿇고 만다.

상황이 그리 되어버렸으니 어쩌겠는가?

이미 캐롤의 친구들은 다 죽은 상태였으며, 이곳에서 벌어졌던 사고들을 세상에 밝히기에는 스스로가 애매해진 상태였다.

정당방위라고는 해도 어찌됐건 마지막에는 자신도 살인에 동참한 셈이 되었기 때문이었다.

게다가 산장으로 오는 여행은 당사자들 외에는 아무도 알지 못하는 상태.

결국 캐롤은 모든 것을 없던 일로 만들며 척과 함께 살아가는 삶을 선택한다.

이야기의 처음부터 끝까지 모든 것이 다 애매하고 아이러니하지 않은가?

강혁은 이것이 작가가 고안한 의도적인 장치라고 생각했다.

'어쩌면 제목부터가 아이러니함의 시작일지도 모르지.'

3번째 시나리오집 [미치광이 살인마 척] 의 마지막 페이지를 넘기며 강혁은 눈을 감았다.

머릿속에서 이야기를 영화화 했을 때에 보여질 이미지들이 선명하게 떠올랐기 때문이다. 그리고 이야기의 핵심이자 주연이라고 할 수 있는 척의 모습에 자신을 대입해보던 강혁은 이내 천천히 눈을 떴다.

"이것도 일단 보류."

"읽어보니까 꽤 괜찮지?"

"그러네. 근데 진짜 제목은 안티다."

"크큭, 동감."

살인마 척의 시나리오집을 역시 따로 치워둔 강혁은 드디어 마지막 남은 하나의 종이뭉치를 집어 들었다.

그리고 상단의 제목을 본 순간,

"헐, 진짜!?"

강혁은 기괴한 신음을 머금을 수밖에 없었다.

앞의 것들과는 비교도 할 수 없을 만큼 커다란 건수가 눈앞에 드러나 있었기 때문이었다.

[더 리퍼]

단순하게 직역하면 저승사자 정도가 되는 뜻의 제목.

하지만 영화계의 흐름에 대해서 조금이라도 안다면 저 제목은 대단한 상징성을 가지게 된다.

바로 최근까지도 승승장구를 하며 그 시리즈를 이어가고 있는 마블 코믹스 영화의 최신 이야기들과 연관이 있는 이름이기 때문이다.

마블에 최초로 등장한 한국계 캐릭터인 화이트폭스가 사실상 두 번째의 시빌 워 이후 비중이 꽤 커지고 유명해지는 동안 미국에는 새로운 영웅이 태어난다.

입양된 한국인임에도 불구하고 아프간 파병용사이며 훈장을 3개나 받은 영웅이었지만, 현재는 그저 부랑자로 살아가고 있던 해리슨이라는 남자가 바로 그 주인공이었다.

그 날도 잘 곳을 찾아 골목 곳곳을 찾아다니던 해리슨은 강도의 위협에 처한 여자를 만나게 된다.

해리슨도 이제는 닳고 닳아 정의감 따위는 잃어버린 지 오래였지만 그럼에도 남은 한줌의 정의가 그를 움직였고, 결국 강도들은 쫓아내고 여자를 달아나게 하는 데는 성공했지만 그 끝은 좋지 않았다.

강도가 휘두른 칼에 복부를 세 번이나 찔렸으며, 마지막에는 놈들의 동료 중 하나가 달아나며 쏜 총알에 가슴까지 맞았던 것이다.

전쟁 중에도 죽지 않은 질긴 숨통은 그를 여전히 살아있게 만들었지만 누구의 도움도 받지 못하고 제대로 움직일 수도 없는 상황 속에서 희망은 찾을 수 없어보였다.

바로 그때 그에게 반응하며 깨어나는 것이 '데스스타'라는 이름의 검은색 다이아몬드가 박힌 팔찌였다.

사실 달아난 여성은 재벌가의 여식으로써 골동품이나 신비한 물건들을 은밀하게 수집하는 취미를 지니고 있었는데, 생전 처음 맞이하는 생명의 위협에 구입한 물건마저 흘리고 간 것이었다.

사실 '데스스타'는 죽음의 힘을 머금고 있는 팔찌였으며, 취한 자를 죽음과 무관한 존재이자 그것을 지배하는 존재로 만들어 주는 물건이었다.

신비한 빛을 머금으며 스스로 발광하는 데스스타의 모습에 시선이 빼앗기고만 해리슨은 멀어져가는 의식 속에서 무심코 손을 뻗었고 결국 그것을 착용하여 힘을 취하게 된다.

리퍼라는 캐릭터는 그렇게 탄생하게 된 것이었다.

죽음을 이겨내고,

죽음을 뛰어넘어,

죽음 그 자체가 된 존재.

팔찌가 지닌 힘은 물론 그것이 지닌 기억과 깊은 심연의 어둠까지 들여다본 해리슨은 자신이 가진 가장 큰 가치인 정의를 위해 움직이기로 마음을 먹는다.

자신이 사는 지역인 시카고로부터 모든 어둠을 지워내기로 결심한 것이다.

미국에서도 범죄율 1위로 유명한 시카고에는 거대한 마약 카르텔이 존재하고 있었으며, 수많은 범죄 집단들이 존재하고 있었다.

그리고 그 사이를 틈타 움직이는 슈퍼 빌런들 역시도 말이다.

리퍼라는 이름으로 새롭게 태어난 해리슨은 자신의 힘을 이용해 철저하게 악인들을 제거해 나간다.

문제는 그의 방식에 있었다.

상대의 죄악을 판가름 할 수 있는 눈을 지니게 된 탓에 일반인이 보기에는 무고해 보이는 대상도 그 죄를 꿰뚫어 보기 때문이었다.

리퍼가 제거해나가는 대상에는 범죄자들뿐만 아니라 유망한 정치인들이나 기업의 관계자들 역시도 포함되어 있었다.

때문에 리퍼는 영웅이라기보다는 또 다른 공포로 인식되기 시작됐고 그것을 막기 위해 캡틴 아메리카를 비롯한 어벤저스 팀까지 투입되지만 그들마저 실패하고 만다.

그들의 힘만으로 이겨내기에 리퍼가 지닌 힘은 너무나도

강력했기 때문이었다.

존재 자체가 세상의 흐름을 벗어나 있기 때문에 예언 능력자인 율리시스의 힘으로도 찾아낼 수 없는 리퍼는 유유히 자신의 기준에 해당하는 시카고의 모든 어둠을 지워내고 사라진다.

그곳이 최근 화까지 이어진 마블코믹스 [더 리퍼] 의 이야기였다.

전형적인 히어로의 모습이라기보다는 오히려 다크 히어로에 가까운 모습이기에 더욱더 인기를 끌고 있는 이야기.

더군다나 마블코믹스의 관계자들은 앞으로 이어지게 될 더 큰 스케일의 이야기에 리퍼 역시도 등장할 것이라고 이미 못을 박은 상태였다.

한 마디로 이번의 영화는 단순히 한 편으로 끝나는 것이 아니라 향후 몇 년은 더 몸을 담을 수 있을지 모르는 커다란 마블 스토리의 흐름에 탑승할 수 있는 시작점에 불과하다는 뜻이었다.

'헌데 이게 나한테 오다니……'

정말이지 생각지도 못한 제안이었다.

비록 확정은 아니었으며, 오디션의 제안에 불과할 뿐이었지만 강혁은 자신이 있었다.

'자신이 없어도 있다고 해야지.'

그런 마음가짐으로 임해도 모자랄 만큼 [더 리퍼] 라는 작품이 지닌 가치는 커다란 것이었다.

"정했다."

"어? 벌써?"

"이런 건수가 있는데 어떻게 다른 걸 택하겠냐?"

강혁은 종욱을 향해 더 리퍼의 시나리오집을 흔들어 보였다.

"하긴… 근데 괜찮겠어? 알다시피 그거 경쟁률 장난 아닐 텐데? 한국계 캐릭터라서 국내 거물 배우들도 하나같이 다 노리고 있다던데 말이지."

걱정을 머금은 종욱의 말에 강혁은 대수롭지 않다는 듯 어깨를 으쓱하며 말했다.

"배우가 경쟁을 겁내서 되겠어?"

"오올~ 자신감 대단한데?"

"이거 내가 꼭 해내고 만다."

"그래. 힘내라."

대강 그런 느낌으로 이야기를 나누는 동안 어느새 차가 방송국으로 들어서고 있었다.

"자, 그럼 다사다난한 오늘의 하루를 시작해볼까!"

차 밖으로 나와 기지개를 펴며 강혁은 기세 좋게 외쳤다.

❖

일정은 무사히 지나갔다.

라디오는 주로 가십거리와 관련된 질문을 주로 이루고

있었지만 애초부터 강혁은 따로 걸린 건수가 없었기 때문에 적당히 얼버무리는 수준으로 넘겨댈 수 있었다.

이래저래 관계자들과 인사를 나누고 기약 없는 이야기들을 남긴 뒤 방송국을 빠져나오자 어느새 점심시간이 가까워져 있었다.

"다음 스케줄은 잡지 촬영이랬지?"

"어. 2시에."

"그럼 꽤 시간 있네?"

"어. 그래서 오늘은 좀 맛난 것 좀 먹어보려고."

종욱은 손에 쥐고 있던 폰을 흔들어 보이며 어플을 보여 주었다.

어느 나라든 불문하고 먹을 것에 대해 관심이 높아진 요즘 맛 집을 찾고 그것을 공유하는 것은 대체적인 유행인 모양이었다.

"아! 여기 있네. 파워 돼지 국밥!"

"잉? 파워 돼지 국밥?"

뭔가 상당히 수상쩍은 이름인데⋯⋯.

강혁이 애매한 표정을 짓자 종욱이 설명을 이어나갔다.

"이름이 이래서 그렇지 근방에서는 꽤나 유명한 집이래. 주인이 한 그릇만으로 힘이 생겼으면 좋겠다고 해서 만들어낸 이름이라는데 말 그대로 푸짐한데다가 맛도 좋단다."

"힘이 생겼으면 좋겠다고 파워야? 하여간….."

강혁은 뭔가 어이가 없으면서도 묘하게 마음이 동하는 느낌이 들어 종욱의 말을 따르기로 했다.

❖

불과 10여 분만에 도달한 가게 '파워 돼지 국밥' 집은 손님이 그렇게 많지는 않았지만 점심까지는 꽤 이른 시간임에도 불구하고 꽤나 자리가 많이 들어차 있었다.

그 중 아무 자리나 차지하고 각자 돼지 국밥 한 그릇씩을 주문한 두 사람은 꽤나 만족스러운 결과를 얻을 수 있었다.

"어후… 배 터지겠다."

"그러게. 근데 희한하게 거북하지는 않다?"

명성 그대로 파워 돼지 국밥은 푸짐할뿐더러 깔끔한데다가 딱 적당한 수준의 포만감을 채워줘 거북한 느낌조차 생기지 않았던 것이다.

"확실히 힘이 나겠네."

"당장은 그냥 눕고 싶지만 말이야 흐흐."

"형 그러다가 소 된다?"

"시꺼 임마!"

그런 이야기들을 나누며 가게를 나선 두 사람은 다시 부랴부랴 다음의 일정을 향해 이동했다.

다행스럽게도 잡지 촬영이 있는 장소는 라디오 스케줄이 있는 방송국과는 그리 멀리 떨어져 있지 않은 장소에 있었다.

일찌감치 스튜디오 근처에 도착해 소화도 시킬 겸 주변을 걸어 다니며 시간을 보내던 강혁은 어느 순간 공원으로 접어들어 벤치에 걸터앉았다.

촬영까지는 아직 1시간 넘게 남아 있었고, 숨 쉴 틈도 없이 돌아가게 될 하루의 유일한 자유를 만끽할 셈이었던 것이다.

만끽이라고 해봤자 별게 있겠는가.

그저 따사로운 햇살을 맞으며 적당히 그늘진 장소의 벤치에 기대고 앉아 지나가는 사람들을 관찰하는 것만 해도 꽤나 재미가 있는 일이었다.

운동을 하고 있는 사람.

피크닉을 나온 사람.

그냥 산책을 하고 있는 사람.

싫다는 여자를 따라가며 필사적으로 작업을 하는 사람까지.

"그만해요! 싫다고 했잖아요!"

"아, 그러지 말고? 나 좀 봐. 이 정도면 잘 생겼잖아? 게다가 나 돈도 많다고? 이 키 보이지? 페라리야. 페라리라니까?"

"페라리고 포라리고 싫다고!"

빽 지르는 소리에 사람들이 모두 돌아봤지만 딱히 관여
하려는 느낌은 없어 보였다. 그런 분위기에 한층 더 의기양
양해진 남자가 재차 들이대며 말했다.

"하~ 왜 이래? 그냥 커피나 한잔 마시자고!"

"놔! 이거 안 놔요!?"

급기야 여자의 손을 덥썩 잡는 사내의 모습.

하지만 그럼에도 사람들은 딱히 관여하려는 분위기를 보
이지 않았다.

강 건너 불구경을 하듯 그저 힐끔힐끔 쳐다보고만 있었
던 것이다.

'어떡한다?'

돌아가는 상황을 지켜보던 강혁은 고민에 잠겼다.

질색하는 여자의 표정만 봐도 도와주는 게 맞는 선택처
럼 보였지만 지금까지의 상황대로라면 사실 조금은 애매한
상태인 것이다.

'게다가 일단 외형적으로는 둘 다 어울려 보이기도 하고
말이지.'

여자는 막 눈이 확 뜨일 만큼 대단한 미녀는 아니었지만
확실히 남자라면 한번쯤은 시선이 빼앗길 만큼 예쁜 얼굴
에 글래머러스한 몸매를 지니고 있었다.

전형적인 금발의 건강미인.

반면 남자의 경우는 조금 왜소해 보였다.

깔끔한 셔츠와 바지로 맵씨있게 체형을 커버하긴 했지만

단지 그런 것만으로는 가리지 못할 만큼 마른 체구를 하고 있었던 것이다.

때문에 여자와 함께 서면 오히려 남자 쪽이 더 작은 것처럼 보이기도 했다.

하지만 그가 스스로 말한 것처럼 얼굴만큼은 꽤나 잘생긴 편이었으며, 옷차림은 굳이 상표를 확인해보지 않아도 알 수 있을 만큼 고급스러워 보였다.

'그러니까 돈 많고 얼굴 반반한 놈팽이가 눈에 뜨인 미녀에게 수작질을 거는 흔하디흔한 상황이라는 말이지.'

세상 어디에서나 벌어질 수 있을뿐더러 하루에도 수없이 생겼다가 사라지는 작은 해프닝과도 같은 시츄에이션.

"흐응⋯."

잠시 콧소리를 내며 고심하던 강혁은 결국 끼어들지 않기로 결심했다.

굳이 끼어들어서 복잡한 상황을 만드는 것보다는 그냥 재미있는 구경을 했다 치고 적당히 흘려보내기로 마음을 먹은 것이다.

'스케줄 문제도 있으니까.'

강혁은 여전히 실랑이를 벌이고 있는 두 남녀의 모습에서 시선을 거두었다.

그리고,

바로 그때였다.

"아니 근데 쌍년이 존나 비싸게 구네!"

"꺄아악!"

욕설이 섞인 남자의 외침과 동시에 비명이 울려 퍼졌다.

급하게 시선을 돌리자 여자의 손목을 확 붙잡아 당겨 넘어뜨리려 드는 남자의 모습이 비추어지고 있었다.

누가 봐도 일방적인 폭행을 가하는 쓰레기의 모습.

'…음?'

순간 강혁은 강력한 이질감이 드는 것을 느꼈다.

그런 상황임에도 불구하고 사람들은 돌아가는 상황에 전혀 관심을 보이지 않았던 것이다.

심지어 아까 전에는 쳐다보기라도 했다면 이제는 아예 두 사람이 세상에서 지워지기라도 한 것처럼 각자의 목적을 향해서만 움직이는 모습이었다.

'뭐지?'

의문이 강혁의 머리를 스쳤지만 그것을 생각하고 있을 틈은 없었다.

"꺄아악! 누, 누가 좀 도와주세요!"

"닥쳐!"

"아악!"

어느새 넘어진 금발녀의 위로 올라탄 남자가 그녀의 뺨을 후려치고 있었던 것이다.

"그러니까 좋은 말로 할 때 따라왔으면 좋았잖아!? 응? 근사한 호텔방에서 기분 좋은 시간을 보낼 수도 있었다고!"

"도와주세요! 제발… 아아악!"

광기에 휩싸여 몰아붙이는 남자의 폭력 앞에 금발녀는 어떠한 반항도 하지 못하는 모습이었다.

그녀가 무기력하다기 보다는 남자의 힘이 보이는 모습과는 달리 비상식적으로 강했던 것이다.

한손만으로 몸을 찍어 누르고 휘저어지는 팔들을 피해가며 남자는 남은 손을 들어 금발녀의 뺨을 연신 후려치고 있었다.

윤기가 보일만큼 하얗던 금발녀의 얼굴이 어느새 빨갛게 달아오르기 시작했다.

'뭔 상황인지는 모르겠다만!'

이런 미친 꼴을 보고서 그냥 넘어갈 수는 없는 노릇이 아니겠는가.

강혁은 즉시 남자에게로 다가서며 염동력을 발동시켰다.

그러자 허공에 들려진 채로 즉시 멈추어지는 팔.

"엉!?"

있는 힘껏 금발녀를 후려치려던 남자는 움직여지지 않는 팔에 이해할 수 없다는 표정을 지어보였다. 그 순간 남자의 측면으로 다가선 강혁은 곧장 발길질을 날렸다.

"크헉!"

꽤나 힘을 조절하긴 했지만 그럼에도 불구하고 상당한 힘이 실린 발길질이었다.

어깨를 걷어차인 남자는 그대로 튕겨져 날아가 바닥을 굴렀다.

"괜찮아요?"

"사, 살려주세요!"

"일단 제 뒤에 계세요. 절대 튀지 마시고요."

"…예?"

"도망가지 마시라고요. 당신이 도망가면 제가 곤란해지 거든요. 그러니까 여기서 기다려요."

거기까지 이야기한 강혁은 멍한 눈으로 떨고 있던 금발녀를 일으켜 앉히고는 남자 쪽을 쳐다보았다.

남자는 천천히 몸을 일으키고 있었다.

힐끗 주변을 돌아봤지만 사람들의 시선은 여전히 이곳에서 벗어나고 있는 상태.

'이건 뭐지? 단체로 최면이라도 걸린 건가?'

순간 머릿속에 결계라는 단어가 떠올랐지만 소설에나 나올 법한 설정이 현실에 벌어질 리는 없었다.

"하~ 나! 진짜 오늘 존나게 빡치는 날이네!"

남자는 상스러운 대사를 토하며 옷에 묻은 먼지를 털어냈다.

딱히 발길질에 의한 충격은 없어 보이는 모습.

남자가 강혁은 보며 말했다.

"넌 또 뭐하는 놈이야?"

"네가 알 건 없다."

"하~ 진짜 생긴 것부터 말투까지 다 재수 없네 새끼가. 하긴, 그러니까 여기에 관여할 수 있었겠지. 가끔 감이 좋은 새끼들이 있다곤 들었는데 하필 오늘 걸릴 줄은 몰랐어."

남자는 짜증나 죽겠다는 얼굴로 바닥에 침을 찍 뱉으며 동정하듯 말했다.

"너도 참 불쌍하다. 알아챘어도 적당히 눈을 돌렸으면 죽지는 않았을 텐데 말이지."

죽이겠다는 말을 대수롭지 않게 건네는 남자.

동시에 끈적한 살기가 뿜어져 나왔지만 강혁은 비웃듯 입 꼬리를 말아 올리며 답했다.

"누가 죽을지 내기 할까?"

"얼씨구? 꼴에 한 수는 있나보지? 무술이라도 배웠어? 쿵푸? 가라테? 킥킥, 그딴 걸로 나를 상대할 수 있을 리는 없지만 말이지."

남자는 기분 나쁜 웃음을 흘리며 잠시 킥킥대다가 이내 강혁을 노려보았다.

그리고는 섬뜩한 기세가 뿜어져 나온다 싶은 순간!

"죽엇!"

남자의 신형이 족히 5미터는 떨어져 있던 거리를 순식간에 좁히며 다가와 손을 뻗어냈다.

쉬이잇―

마치 칼날처럼 모아진 손이 날카로운 파공성과 함께 강혁의 목줄을 향해 일자로 날아들고 있었다.

'위험!'

강혁은 다급히 상체를 틀어 범위를 벗어나며 남자의 팔을 튕겨냈다. 그리고는 빠르게 뒤로 물러서서 거리를 벌리며 남자를 노려본다.

어느 정도는 대비를 하고 있었음에도 남자의 공격은 까딱하면 당하고 말았을 정도로 빨랐으며 또한 위협적이었던 것이다.

톱스타의 킬링필드

Hell is coming

chapter 3. 일상의 경계선

Hell is coming

chapter 3. 일상의 경계선

'…인간의 반응속도가 아니야!'

인간이 지닌 반응속도와 수치에 대한 것은 누구보다 강혁이 잘 알고 있었다.

얼마 전까지만 해도 인간의 힘만으로 닿을 수 있는 최선에 가까운 형태의 육체를 지니고 있었으며 그것을 100퍼센트에 가깝게 다루고 있었다.

그 때문에 순간적인 스텟 상승으로 모든 기능들이 상승했을 때도 빠르게 적응하여 염소 악마와 결전을 맺을 수 있지 않았던가.

'최소 인간의 3배 이상이군. 완력은 2배 정도인가.'

남자의 팔을 쳐낸 손등으로 약간의 얼얼함이 있었다.

113

피부층마저도 인간과는 비교도 할 수 없을 만큼 단단하다는 뜻.

강혁은 표정을 굳혔다.

생각지도 못한 장소에서 플레이어 일지도 모르는 상대를 만난 것이다.

"하? 그걸 피해? 너 대체 정체가 뭐냐?"

남자는 어이가 없다는 반응이었다.

재차 바닥에 침을 뱉은 남자가 말했다.

"못 보던 얼굴인데… 혹시 영국이나 캐나다 쪽에서 건너온 식구야? 아니면 이족인가?"

"이족?"

남자의 말은 이해할 수 없는 것투성이였다.

강혁이 모르겠다는 얼굴로 되묻자 남자는 쯧 하고 혀를 차며 말했다.

"제길, 부랑자 녀석이었나보군!"

이쪽은 알지도 못하는 혼자서 결론을 내리고 분통을 터뜨리는 남자였다.

남자가 재차 말했다.

"그래도 일단은 같은 사이드에 있으니 죽일 수도 없고… 일단은 통성명이라도 할까?"

"이제 와서?"

"나도 웃기지만 그게 율법이니까 어쩔 수 없잖아!"

어이없다는 듯 되묻는 강혁의 말에 남자는 신경질을 내며 말을 이었다.

"우선 나는 레온이라고 한다. 어비스 LA지부에 속해있는 마인이지. 종족은 뱀파이어다."

가슴을 펴며 자신에 대해 당당하게 밝히는 남자.

레온이라는 이름을 지닌 남자의 소개에 강혁의 눈썹이 꿈틀거렸다.

'…뱀파이어라고!?'

그런 건 영화나 이야기 속에서나 나오는 것이 아니었나?

본인부터가 이미 일상보다는 비일상에 가까운 삶을 보내고 있었지만 그건 어디까지나 저쪽 세상에서만 통용되는 이야기라고 생각했었다.

때문에 방금 전에 놀라면서도 어떻게든 이야기를 대화로 끝낼 수 있지 않을까 생각하기도 했었고 말이다.

어쨌든 상대가 같은 플레이어라면 서로 돕는 협력관계가 될 수 있을 테니까 말이다.

헌데 뱀파이어라니……

그제야 사내의 얼굴을 자세히 들여다보자 혈색 하나 없이 창백한 얼굴이 보인다.

"너는 어디 소속이지? 종족은 뭐야? 힘이나 체구를 봐서는 역시 늑대인간? 아! 걱정 하지마. 우리 종족은 서로 원수관계지만 그런 고리타분한 관습은 다 옛날이야기잖아?"

레온은 아무런 의심도 없이 물어오고 있었다.

115

마치 강혁이 늑대인간 내지는 또 다른 어떤 존재라고 확신이라도 하는 모습이었다.

'미치겠군.'

강혁은 침음을 머금었다.

방금 들은 이야기만 종합해 봐도 이 세계에는 뱀파이어는 물론 늑대인간을 비롯한 다양한 괴물들이 존재하며 그들이 모여든 단체마저 있다는 뜻이 되는 것이다.

'어비스라니…'

해석하면 '심연'이라는 뜻이 된다.

괴물들이 모이는 장소적인 의미의 뜻이라면 참으로 어울리는 이름이지 않을까.

잠시 충격에 빠져들었던 강혁은 이내 정신을 차렸다. 생각해보면 굳이 놀랄 일도 아니라는 생각이 들었기 때문이었다.

'어쩌면 이래서 능력 공유가 있는 걸지도.'

저쪽 세계를 공략함으로 얻게 된 스텟의 수치가 현실에서도 그대로 통용이 되고 있었다.

스킬의 경우 50퍼센트의 제약이 있었지만, 성장한 능력치들과 스킬의 레벨 덕분에 절반만의 능력으로도 충분히 위협적이었다.

강혁은 레온을 노려보며 말했다.

"내 이름은 강혁. 소속은 없고, 종족은… 인간이다."

"뭐? 그게 무슨 말도 안 되는……."

"믿거나 말거나."

짧게 받아치며 정글도를 소환해 움켜쥔다.

그러자 흠칫 놀라며 다가오려던 래온의 발걸음이 멈춰선다.

"네놈… 설마 헌터였나!?"

"헌터?"

헌터라니… 아무래도 이 세상에는 괴물들뿐만 아니라 그들을 처치하는 사냥꾼들마저 있는 모양이었다.

"뭐 그런 걸로 해두자고."

적당히 받아치며 강혁은 본격적인 전투자세를 취했다.

상대는 스스로 뱀파이어라고 밝힌 존재.

방금 전에 보여준 신체능력만 봐도 결코 만만하진 않은 존재인데 그 외에 어떤 능력을 더 지녔을지 모르는 존재다.

물론 통속적인 의미의 뱀파이어에 대한 지식이라면 다양하게 떠오르는 것들이 있었지만, 당장 태양 아래서 당당히 얼굴을 드러내고 다니는 모습만 봐도 해당 지식들이 얼마나 잘못 됐는지는 충분히 알 수 있으니까.

"하아… 정말이지 오늘은 기분이 잡치는 날이군. 건방진 계집에 식사를 방해받은 것으로도 모자라서 이젠 헌터 자식이라고!?"

레온은 이마를 짚으며 한숨을 내쉬었다.

다분히 귀찮아 죽겠다는 태도가 몸짓 가득 묻어난다.

'과연… 인간 따위 죽이는 건 일도 아니라는 건가?'

확실히 놈이 지닌 능력이라면 평범한 인간을 죽이는 건 손바닥을 뒤집는 것만큼이나 쉬운 일일 것이었다.

극도의 단련을 한 인간이라고 해도 방금 보여준 놈의 신체능력이라면 잔뜩 긴장하고 있어야 겨우 반응할 수 있는 수준일 테니까 말이다.

'하지만 난 보통 인간은 아니라서 말이지.'

정글도를 늘어뜨리고 언제든지 움직일 수 있도록 균형감을 가라앉히며 레온을 응시한다.

가만히 서서 한숨을 내쉬는 놈은 빈틈투성이처럼 보였지만 강혁은 경고망동하지 않았다.

방금 전 보여준 능력이 놈의 전부라는 보장은 없으니까.

'우선은 받아치면서 탐색을 한다.'

모르는 대상을 상대할 때에 가장 중요한 것은 실수를 하지 않는 것이었다.

"후우, 뭐 이런 날도 있는 거겠지."

커다란 한숨과 함께 레온은 이마에서 손을 떼어냈다.

그리고는 한탄의 말을 토하며 어느새 붉게 물든 눈동자를 강혁에게로 향하는 것이다.

"뭐, 달라질 건 없으니까."

강혁의 뒤편에서 넋을 잃고 주저앉은 떨고 있는 금발녀의 모습을 재차 확인한 레온이 불량스럽게 목을 이리저리 꺾으며 손가락의 관절들을 풀었다.

그리고,

잠시 눈을 깜빡였다 싶은 순간!

"!"

레온의 모습이 시야에서 사라졌다.

콰아아-

좌측에서 다가드는 파공성에 강혁은 다급히 고개를 숙여 피하며 다가드는 경로를 향해 정글도를 휘둘렀다.

카앙-

커다란 반발력과 함께 튕겨내지는 정글도.

"크윽!"

레온이 왼손을 움켜쥐며 뒤로 물러서는 모습이 보인다.

놈의 손은 정글도의 칼날조차 튕겨낼 만큼 단단했지만 그 안에 실린 힘을 지워낼 수는 없었던 것이다.

'역시 신체능력 수준은 딱 이 정도인가?'

뭔가 숨겨둔 한수가 있을지는 모르겠지만 적어도 움직임 자체는 아까 전에 보여주었던 수준과 별로 다를 것이 없어 보였다.

'그럼 이제 다음 단계군.'

강혁은 엉거주춤 물러서는 레온의 신형으로 곧장 따라붙 으며 압박을 가했다. 레온은 즉각 반응하며 오히려 역공의 자세를 취하는 모습이었다.

"건방진!"

한순간이나마 인간에게 밀린다는 것이 참을 수가 없다는 듯한 태도.

'전투경험은 애송이 수준인가?'

강혁의 입가로 차가운 조소가 머금어졌다.

'다행이군.'

아무 것도 모르는 상태에서의 교전도 아니고 벌써 두 번이나 되는 부딪힘이 있었는데도 상대의 실력을 인정하고 긴장하기는커녕 오히려 분노에 사로잡힌다는 것은 애송이들만이 가질 수 있는 특성이었다.

자신이 항상 위에 있다고 생각하며 상대를 깔아보려고 하는 녀석일수록 오만한 경우가 많았다.

'그런 오만이 바로 죽음을 부르지.'

킬러로 활동했을 당시에도 강혁은 저런 녀석들을 수도 없이 만났었다.

킬러 일의 특성상 상대하게 되는 적에는 전직 특수부대 요원이나 전쟁광 용병들, 심지어는 다른 회사에 소속된 킬러도 있기 마련이니까.

그런 이들 중에는 자신의 실력에 대한 자신감을 뛰어넘어 자부심을 지닌 녀석들도 있었으며 그들은 대개 오만에 사로잡혀있는 경우가 많았다.

상대가 어느 정도의 실력자인지, 또 어떤 무기를 숨기고, 어떤 한수를 숨기고 있는지도 모르면서.

그저 자신이 최고라는 인식과 명성만으로 상대를 대하는 것이다.

'이 녀석도 똑같군.'

딴에는 노리기라도 한 것처럼 역으로 지면을 박차며 달려들어 날카롭게 세운 손톱을 뻗어내는 레온의 모습에 강혁은 손을 뻗어 염동력을 발동시켰다.

"헉!?"

벽에 막히기라도 한 것처럼 우뚝 멈춰서는 손톱에 레온
의 벌어진 입술 사이로 헛된 신음이 머금어진다.

그 사이 놈의 지근거리로 유유히 다가선 강혁은 다급히
휘둘러지는 팔을 스쳐지나가며 정글도를 그어 올렸다.

푸가악!

뼈와 살이 동시에 갈라지는 소리가 나며 주인을 잃은 팔
이 허공으로 튀어 오른다.

푸화아악-!

"히익!? 크아아아!"

잘려진 절단면으로 대량의 핏물이 뿜어져 나오고 그것을
본 레온은 패닉하며 비명을 터뜨렸다.

'역시 단단한 건 손끝에서 손목 정도였나 보군.'

혹시나 뱀파이어가 몸 전체가 단단한 족속이면 어떻게
상대해야하나 싶었는데 다행이라 생각이며 강혁은 연신 핏
물을 뿌리며 발작하는 레온을 보다가 재차 검격을 휘둘렀
다.

팔을 잘라내는 즉시 반대편으로 돌아가 있던 강혁의 존
재를 레온은 알아채지도 못한 채 무방비한 모습을 드러내
고 있었다.

'아무리 뱀파이어라고 해도 목이 잘리고서 살아날 순 없
겠지.'

훤히 드러난 흰색의 목덜미를 향해 날아가는 정글도의 칼날을 보며 강혁은 끝을 예감했다.

'그럼 이제 남은 건 뒤처리뿐인가?'

일부로 신경을 써서 피가 튀는 것을 피하긴 했지만 이제 곧 생겨날 시체와 그것을 지켜본 목격자의 기억마저 지워버릴 수는 없는 노릇이었다.

지금 공원에 자리한 사람들의 무관심이 뱀파이어의 능력 때문이라면 분명 놈이 죽는 순간 원래대로 돌아오게 될 테니까 말이다.

'어쩌지? 바로 튀어야 하나?'

자칫하면 영락없이 살인마로 몰리게 될지도 모르는 상황.

그렇게 머릿속이 복잡해져가는 와중에도 칼날은 여과 없이 레온의 목덜미를 향해 날아들고 있었다.

이제 곧 칼날은 연약한 목덜미를 가르고 박혀드는 것으로 모자라 단숨에 목뼈마저 끊어내고 목 전체를 가르고 지나치게 될 터.

튀어 오르는 머리통과 그 뒤를 잇는 피분수를 예상하며 강혁은 언제든지 멀어질 수 있도록 의식을 집중했다.

바로 그때였다.

키이잉—

이변이 생긴 것은.

"!"

정글도의 칼날은 레온의 목을 잘라내지 못했다.

아니, 애초에 파고들지도 못했다.

칼날이 목표를 불과 1Cm정도만을 남긴 상태에서 순간적으로 검은색 장막 같은 것이 생겨나며 칼날을 빗겨내듯 밀어낸 것이다.

―이것 참. 이래서 내가 자중하라고 했는데.

뒤이어 들려오는 목소리에 강혁은 자신도 모르게 지면을 박차며 다급히 물러났다.

마치 머릿속에 직접 흘려 넣는 듯한 목소리는 단지 그것만으로도 섬뜩한 감각이 들게 할 만큼 무게감이 있었기 때문이었다.

"…누구냐?"

물러선 채로 단검마저 생성해 정글도와 쌍수로 쉰 채로 목소리가 들린 곳을 응시하자 칼날을 막아섰던 장막이 점점 그 크기를 불리는가 싶더니 순식간에 커다란 망토처럼 변하며 그 형태를 드러냈다.

―소개가 늦었군요. 저는 제나스라고 합니다.

망토가 갈라지며 그 안에서 모습을 드러낸 상대는 훤칠한 키에 신비한 은발을 길게 늘어뜨린 미남자였다.

자칫 촌스러울 수도 있는 흰색의 슈트와 백구두를 너무나도 자연스럽게 소화해내며 서있는 남자.

그는 눈을 감고 있는 채였는데 그런 상태임에도 눈매가 웃고 있어서 친근하면서도 묘하게 섬뜩한 느낌을 주고 있었다.

보는 시선에 따라서는 남자가 봐도 감탄이 나올 만큼 아름다운 용모를 하고 있는 미남자, 제나스는 웃는 눈매를 들어 강혁을 똑바로 보며 말했다.

-안타깝지만 오늘의 시비는 이쯤에서 마무리 하시는 게 어떨지? 저래 뵈도 대공님의 2번째 도련님이라서 말이죠.

"저 쓰레기가 말인가?"

-하핫, 자식농사가 반드시 성공하리라는 법은 없으니까요. 그보다 이대로 멈추시는 거겠죠? 강혁 씨? 최근까지의 출연작들은 아주 재밌게 보고 있답니다.

"!"

강혁의 눈동자로 경각심이 들어섰다.

놈은 분명 강혁에 대해서 알고 있었던 것이다.

제나스는 안심시키듯 말을 이었다.

-걱정하지 마세요. 딱히 방해하거나 할 마음은 없으니까요. 어차피 협정 같은 것이 있어서 인간들의 삶에 크게 관여할 수도 없답니다. 그럼에도 거론한 건 저의 팬심 정도로 이해해주시길, 후후후.

거기까지 말한 제나스는 손을 뻗어 바닥에 나뒹굴고 있던 레온의 팔을 무형의 힘으로 들어 올려 살피는가 싶더니 이내 쯧쯧 하고 혀를 차며 뒤편의 장막으로 던져 넣었다.

이내 제나스는 다시 강혁을 보며 말했다.

-그럼 여기까지 할까요? 아니면… 저와도 한판 해보시겠습니까?

여전히 투기를 지워내지 않은 강혁의 모습에 제나스는 의도적으로 농밀한 살기를 실어 보냈다.

"끄흠…."

아까 전 레온이 쏘아냈던 살기와도 비교도 할 수 없는 흉험함과 불길함이 끈적하게 달라붙어오는 느낌에 강혁은 결국 한숨을 내쉬며 정글도와 단검을 역소환했다.

─후후, 좋군요. 역시 당신은 합리적인 사람인 것 같아서 마음에 들어요. 그럼 그 보답으로 저도 한 가지 좋은 소식을 알려 드리죠. 강혁 씨의 존재는 일단 함구하도록 하겠습니다. 어차피 저희들은 신경 쓸 다른 일들도 많으니까요.

"…지금 이곳의 흔적들은 어떻게 되는 거지?"

─그것도 걱정할 것은 없습니다. 결계가 무너지고 태양이 쏘아지는 순간 핏물은 모두 증발할 테고 저 여자의 기억은… 제가 이미 손봐두었으니까요.

그 말을 듣자마자 뒤쪽의 금발녀를 쳐다보자 최면이라도 걸린 처럼 허공을 응시한 채 굳어져 있는 모습이 보였다.

"일처리 하난 확실하군 그래."

─그게 제 유일한 자랑거리라서 말이죠, 후훗

제나스는 자랑하듯 싱긋 웃으며 말했다.

그와 동시에 손을 튕기자 등 뒤로 일렁이고 있던 망토 모양 장막이 좌르륵 문을 열었다.

─그럼 언제 또 뵐 일이 있기를.

대답을 할 틈도 없이 제나스의 신형이 장막 속으로 들어선다.

장막의 안쪽으로 들어서자 커튼콜처럼 좌우로 벌어졌던 문이 닫히고 장막이 다시 원형의 형태로 변하는가 싶더니 점차 크기를 줄이기 시작해 끝내는 점으로 변해 사라져 버렸다.

"......"

복잡한 심경으로 그 모습을 지켜보던 강혁은 무심코 시선을 옮겨 바닥에 가득한 핏물을 응시했다.

치이이익―

순간 증발하듯 타오르며 연기로 화해사라지는 핏물들.

동시에 쩌정! 하는 소리가 들리며 이질감을 형성하던 주변의 공기가 본래의 모습을 되찾았다.

"응? 뭐지? 왜 내가 여기 있는 거지?"

주변에서 들려오는 목소리.

고개를 돌려보자 멍해져 있던 금발녀가 눈에 초점을 되찾고는 혼란스러워하고 있는 모습이 보인다.

기억의 혼선은 있는 모양이지만 저 정도면 확실히 걱정은 하지 않아도 될 만한 수준.

만약 혼란 속에서 본래의 기억을 떠올린다고 하더라도 악몽을 꿨다는 정도로 해석하게 될 것이었다.

'그나저나… 쉬러 나왔다가 생각지도 못한 일에 휘말리게 됐군 그래.'

만약 강혁이 오늘 이 자리에 나오지 않았더라면 금발녀는 뱀파이어 놈에게 덮쳐져서 그 자리에서 간살을 당하고 죽거나 같은 꼴이 되었을 것이었다.

'하지만 뱀파이어라니.'

생각지도 못했던 일이었다.

스스로도 남에게는 차마 설명할 수 없는 비일상의 길을 걷고 있다고 생각했건만······.

본래부터 세상에는 뱀파이어나 늑대인간 따위의 괴물들이 존재하고 있었단 말인가?

게다가 세상에는 그들을 사냥하는 헌터들까지도 존재하고 있었다.

사혁이었을 때도, 강혁이었을 때도 아무 것도 모른 채 세상을 살아가고 있는 동안 세상의 보이지 않는 이면들 곳곳에서는 괴물들이 떠돌아다니고 그것들을 사냥하는 헌터들의 희생이 있었다는 뜻이 아닌가.

"이걸 수확이라 해야 할지 재앙이라 해야 할지 모르겠군."

제나스라는 뱀파이어는 오늘의 일에 대해 함구하고 관여하지 않을 거라 말하긴 했지만 말처럼 그리 되리라는 가능성은 거의 제로(0)에 가까웠다.

아마 어떤 방식으로든 어떤 형태로든 이 일은 결국 강혁을 찾아 돌아오게 될 터.

하지만 아무 것도 모른 채 당하게 된 상황은 아니라는 점에서 어느 정도는 이점을 챙겼다고 할 수 있었다.

오늘의 일이 아니었다면 아마 강혁은 평생 현실의 괴물들에 대해 모르고 지냈을 테니까.

"좀 더 조사를 해볼 필요가 있겠군."

생각을 정리하며 강혁은 공원을 떠났다.

어느새 잡지촬영의 시간이 가까워져 있었다.

"끄으으… 죽겠다 진짜."

"형이 그런 소릴 하면 어떡하냐? 진짜 죽겠는 건 나거든?"

"운전 힘들어 임마. 게다가 너 일정 도는 동안 대기타고 있으면 얼마나 심심한 줄 알아? 군대에서도 제일 빡센 게 대기야 대기!"

"네이~ 알겠습니다. 알겠으니까 얼른 집으로 가자고."

점심 뒤로부터 거의 숨을 쉴 틈도 없이 이어졌던 하드한 일정은 새벽 2시가 되어서야 겨우 끝을 맺었다.

지금은 어두컴컴한데다가 횅한 느낌마저 드는 도로를 달리고 있는 중.

마지막 일정이었던 '고스트 하우스'는 용기 있는 사람이 유령이 나온다는 심령 스폿을 탐사하는 프로그램이었는데, 오늘의 촬영지는 하필 애리조나로가는 경계선 부근에 있어서 집까지 가려면 한참이나 운전을 해야 했다.

앞으로 못 해도 여섯 시간은 더 가야 하던가?

그나마 새벽이라 차가 없다는 것이 다행이었다.

'차라도 막혔다면 8시간은 걸렸을 테니까.'

어쨌든 시간상 집에 도착하면 아침을 맞이해야 될 판이다.

결국 새벽부터 시작된 일정은 그 다음날의 아침이나 되어서 끝을 맺게 되는 것이다.

'24시간도 넘어가는 하드 워크로구만.'

물론 이제부터 남은 고생은 종욱 혼자 하게 되는 거지만 말이다. 집으로 가는 동안 강혁은 잠깐 눈이라도 붙일 수 있었지만 종욱은 쉬지 않고 운전을 해야만 했다.

그러고도 내일의 일정을 위해서 잠깐 쪽잠을 자고나서 또 운전대를 잡아야만 하겠지.

"안자냐? 좀 자둬. 내일도 바쁘잖아."

"잠깐 검색해볼게 있어서."

운전대를 잡은 채로 무심하게 건네는 종욱의 말에 강혁 역시 대수롭지 않게 답했다.

굳이 설명하지 않아도 알고 있는 것이다.

강혁이 일부로 잠을 청하지 않는다는 것을 말이다.

아무도 없이 홀로 운전을 하는 것과 말을 걸 수 있는 누군가라도 있는 것은 피로도 자체가 달라지는 일이니까.

'뭐, 따로 검색할 게 있는 것도 사실이고.'

집까지 돌아가는 기나긴 시간동안 강혁은 정보의 바다를 좀 뒤져볼 생각이었다.

물론 괴물들이나 헌터들에 대한 정보가 인터넷 따위에 허술하게 떠올라 있지는 않겠지만, 실제로 사람들이 생각하는 것보다 인터넷의 범주는 훨씬 더 넓으니까 말이다.

인터넷에는 딥 웹(Deep Web)이라고 불리는 공간이 있다.

보통의 검색체계로는 들어설 수 없으며 특정한 방법을 통해서만 들어설 수 있는 인터넷 속의 인터넷이라고 불리는 곳.

사혁은 킬러였던 당시 바로 이 딥 웹을 이용하여 의뢰 정보를 받고 뒷거래들을 수행했었다.

그 어떤 안전장치나 법규도 없기에 위험하기 그지없는 장소이지만 스스로를 지킬 힘만 있다면 다크사이드의 입장에서는 어떤 곳보다 안전한 장소였다.

딥 웹에서 거래하는 모든 일들은 절대로 기록이 남지 않으니까 말이다.

'세상의 모든 미친놈들이 모여드는 곳이기도 하고 말이지.'

아무 것도 모르는 사람이 호기심이 딥 웹의 세계를 탐험하게 되면 대부분은 얼마 지나지 않아 크게 질려서 도망쳐 나오게 되어 있었다.

딥 웹은 표면의 인터넷에 올릴 수 없는 일들을 기록하고 만들어내는 불법적인 존재들만이 가득한 장소인 것이다.

그곳에는 인신매매와 관련된 거래 글들도 많았으며, 마약 거래, 살인 의뢰 등등의 거래 건수는 물론이며, 심지어는 살아있는 사람을 고문하고 해부하여 죽이는 것을 실시간으로 방송하는 미친놈들까지도 있었다.

어떤 녀석은 부랑자들을 납치해와서 독에 가까운 약물들을 투여하며 그 변화 과정을 실험결과랍시고 사진까지 찍어 자랑스럽게 게시하고 있을 지경이니.

평범한 정신을 가진 사람이라면 버틸 수 없으리라.

물론 그럼에도 불구하고 딥 웹을 사용하는 이용자층은 상당히 많은 편이었다.

그런 위험하고 끔찍한 이면과는 별도로 마약이나 무기 따위를 쉽게 구할 수 있으며 주로 19금 정보와 관련된 자료들이 많이 떠돌아다니기 때문이었다.

개중에는 일반 토렌트 사이트나 P2P사이트에서는 구경할 수도 없는 현역 연예인의 섹스 영상 같은 것이 떠있기도 했기 때문에 딥 웹을 아는 10대들의 사이에서는 은근히 인기가 만점이었다.

'지금 내가 그딴 걸 찾아볼 건 아니지만.'

어쨌든 말하고자 하는 것은, 딥 웹에는 표면의 인터넷에 존재하지 않는 수많은 정보들이 떠돌고 있으며, 그 중에는 생각지도 못한 지식들과 관련된 것도 분명 존재하고 있다는 점이었다.

'오랜만이라서 잘 할 수 있을지 모르겠네.'

강혁은 기억하고 있던 주소창의 경로를 입력했다.

그러자 검은색 바탕화면에 달랑 한 줄의 링크만 떠오른다.

'다행이군. 아직 경로가 남아 있었어!'

곧장 링크를 클릭한 강혁은 비밀 번호를 입력하고 다시 다른 페이지로 넘어가고 또 다시 몇 개의 수수께끼나 비밀 번호들을 입력하며 족히 7번은 더 페이지를 옮겼다.

〈다크 웹의 영역에 들어온 것을 환영한다, 친구여.〉

마지막에 도달한 페이지에 적혀져 있던 글귀였다.

아무런 장식도 없이 휑한 검은색의 바탕의 중앙으로 마지 빨려 들어가는 듯한 지옥문 그림이 박혀 있었으며, 그 아래로는 핏물이 떨어지는 듯한 폰트의 붉은색 글귀로 찾아온 이를 환영하고 있었던 것이다.

이곳이 바로 과거 사혁이었을 시절 이용했던 곳이었으며, 딥 웹에서도 가장 깊은 심층에 묻혀있는 범죄자들의 온상, 다크 웹의 세계였다.

'자, 그럼.'

문을 클릭하고 들어서자 언뜻 봐도 수백 개가 넘어가는 링크들이 주루룩 떠올라 있는 것이 보인다.

표면의 인터넷과 달리 딥 웹은 기록을 남기지 않기 위함인지 검색엔진이 없었으며, 때문에 원하는 정보를 매번 편하게 찾아보는 것은 거의 불가능에 가까웠다.

그러니까 아무 것도 없는 제로의 상태에서 원하는 정보를 찾으려면 그만큼 발품을 팔아야 한다는 뜻이었다.

'하지만 쓸데없는 시간낭비를 하고 싶지는 않으니까.'

딥 웹, 그 중에서도 다크 웹을 이용하는 방법에는 발품을 파는 것 외에도 별도의 길이 존재하고 있었다.

'여기 있군!'

페이지를 세 번째로 넘기고 차례대로 링크들을 읽어내려 간지 얼마 지나지 않아서 강혁은 원하던 링크의 이름을 찾을 수 있었다.

[DarkRumur.com]

해석하면 어둠의 소문 정도가 되는 제목의 사이트였다.

이름에서 알 수 있다시피 소문을 다루는 사이트인 것이다.

이른바 다크 웹에서 서식하는 정보 상인이었다.

'좋아, 카메라는 가렸고… 이제 들어가 볼까?'

강혁은 폰으로 몇 가지 조치를 취한 뒤 곧장 링크를 클릭했다. 그러자 아무 것도 없는 흰색 바탕의 화면의 중앙으로 덩그러니 채팅창만이 홀로 떠올라 있는 것이 보인다.

꾹꾹꾹꾹

강혁은 망설임 없이 채팅창으로 글자를 입력해나갔다.

-정보를 원한다.

=어떤 정보를 원하시는 지?

글자를 입력하고 나서 불과 1초도 지나지 않아 답변이

떠올랐다. 강혁은 잠시 생각을 하다가 다시 액정 위의 자판을 눌러가기 시작했다.

 -괴물들에 관한 정보. 실제로 존재하는 괴물에 대한 정보를 말하는 거다.
 =괴물들이라… 그 정보는 꽤 비쌉니다만?
 -얼마지?
 =흐음… 본래라면 1만 달러는 불러야겠지만… 요즘 가장 핫한 스타인 강혁님과의 첫 거래이니 무료로 찾아드리죠.

 당연하다는 듯이 늘어놓는 건너편의 말에 강혁은 침음성을 머금었다. 단지 접속하는 것만으로도 상대는 이미 폰을 해킹해 들어와 모든 정보를 챙겨낸 것이었다.
 얼굴만 보이지 않으면 된다고 생각해 카메라를 가린 것이 다 무용지물이 되어버렸다.
 '그러고 보니 이 폰은 대포폰이 아니었지.'
 과거 의뢰를 위해 다크 웹을 이용할 때는 항상 대포폰이나 카페 혹은 도서관 따위의 컴퓨터를 사용하곤 했기 때문에 정보유출에 대한 걱정이 없었다.
 반면 지금 쓰고 있는 이 폰은 당당하게 자신의 명의로 만들어낸 폰이었고 말이다.
 '실수를 했군!'

하지만 그렇다고 해서 낙담하고 있을 수는 없었다.

강혁은 잠시 숨을 고르고는 다시 채팅창에 글을 입력했다.

−그럼 기왕이니까 한 가지 정보를 더 부탁해도 될까?

=네. 어떤 정보를 원하시죠?

−헌터와 관련된 정보.

=헌터… 말입니까?

−그래. 나는 괴물들과 그것들을 사냥하는 헌터들에 대한 정보 두 가지를 원한다.

원하는 모든 것을 밝히자 건너편의 정보상은 잠시 뜸을 들이는 것 같더니 이내 답변을 입력해주었다.

=5분 내로 찾아드리죠.

정보상의 대답에 강혁은 안도의 한숨을 머금으며 시선을 거두어 냈다.

일단 거래가 성립된 이상은 이제 가만히 기다리기만 하면 되는 것이다.

=원하시는 정보에 대한 건은 총 7건이 있군요.

=해당 관련 경로입니다.

대답은 정확히 3분 뒤에 들려왔다.

대답의 뒤로는 7개의 링크가 떠올라 있었다.

-고맙군.

=앞으로도 자주 뵐 수 있기를.

정보상과의 이야기는 그것으로 끝이었다.

링크를 제외한 채팅창의 모든 로그가 사라진 것을 확인한 강혁은 마음에 드는 깔끔함에 고개를 주억이며 링크를 하나하나씩 클릭하기 시작했다.

먼저 첫 번째는 블러드라는 단어가 들어가 있는 주소.

예상대로 사이트는 뱀파이어와 관련된 것이었다.

'생각보다 더 가까이에 있었군.'

주소는 뱀파이어들의 커뮤니티 사이트이자 다소 젊은층의 뱀파이어들이 이용하는 일종의 사냥터 공유 사이트였다.

사이트에는 뱀파이어들이 각 도시에서 운영하는 클럽에 대한 정보들이 떠올라 있었으며, 해당 클럽에서의 사냥법과 사냥장소에 대한 것들마저 떠올라 있었다.

지역별로 나누어진 카테고리에는 지금도 실시간으로 파트너를 구하는 글들이 올라오고 있었으며, 그를 통해서 무리를 지은 뱀파이어들은 클럽 측의 도움을 받아 향락을 찾아온 인간들을 사냥하는 것이다.

'끔찍하군.'

그저 사고나 잠적, 인신매매 등의 이유일 것으로 생각했던 한 해 실종자들의 숫자에 저들의 사냥도 다분히 개입되어 있다는 뜻이 아닌가.

-인간들은 우리들이 키우는 가축에 불과하다. 하지만 모두 먹어 치워버리면 나중에 먹을 것이 없어질 것이 아닌가. 그러니 우리 모두 자제심을 발휘해 인간을 통째로 사냥하는 일은 가끔 맛보는 별미 정도로 생각하자.

이것이 통칭 '블러드 아이즈' 라고 불리는 뱀파이어 커뮤니티 사이트 메인 화면에 대문짝만하게 쓰여진 그들의 의식이었다.

"……."

강혁은 잠시 액정화면에서 시선을 때고 눈을 감았다.

계속해서 화면을 보고 있으면 화를 삭일 수가 없을 것 같았기 때문이었다.

분노를 가라앉히고 냉정함을 유지하는 것은 강혁의 특기와도 같은 일이었지만 그런 강혁조차도 분노를 가누기가 쉽지 않았다.

'가축… 가축이라…….'

문득 강혁은 아주 오래전 덮어두었던 기억이 떠올랐다.

그때는 사혁도 기껏해야 두 번 정도 의뢰를 나섰던 초짜에 불과했던 때.

난다 긴다 해봤자 유망주에 불과했던 때였기에 그도 혼자서 활동하는 것은 무리였고 함께 임무를 수행하는 동료가 있었다.

'멜린다.'

당시 사혁과 함께 팀을 이루어 의뢰를 수행하던 동료이자 그의 첫사랑이었다.

하지만 그녀는 의뢰를 수행하던 도중 돌연 실종이 되고 말았고 발견했을 당시에는 차가운 시체가 되어 있었다.

온 몸의 피가 다 사라져버린 상태로 말이다.

목덜미에 나있는 약간의 생채기 외에는 어떠한 상처도 나지 않은 깨끗한 상태였었다.

'그때도 뱀파이어의 소행이었던가.'

결국 그때의 임무는 실패했으며, 당시 시체를 부검했던 의사는 멜린다의 죽음을 변태 가학 살인으로 규정했다.

겉보기에는 멀쩡해 보였지만 부검결과 성행위의 흔적이 발견되었기 때문이었다.

목에 남은 생채기와 음부에 남은 흔적들을 통해 부검의는 성행위와 동시에 목을 통해 피를 뽑아낸 것으로 추정했고, 때문에 그는 상대가 죽어가는 대상을 범하며 흥분을 느끼는 변태 가학 살인마라고 생각했다.

멜린다의 목에 새겨진 생채기는 영화에 나오는 흡혈귀의 이빨자국으로 추정하기에는 뭉개진 채로 벌어져 있었으며, 현실에 정말로 뱀파이어 따위가 있을 거라고는… 아무도 생각지 않았었으니까.

'아니, 어쩌면 알았는지도 모르지.'

오랜 세월동안 살아남아왔던 사혁조차도 저 높은 상부의 고위층이 어떤 존재이며 무엇을 하는지는 알지 못 했었다.

하지만 그들이 지닌 규모와 정보력을 생각해보자면 분명 몰랐을 리가 없었을 터.

'이유가 생겼군.'

뱀파이어들을 적대해야만 할 이유.

다시금 눈을 뜬 강혁의 동공으로 시퍼런 귀화가 피어올랐다.

'그래봤자 지금 당장 뭔가 할 수 있는 일은 없겠지만.'

이제와서 복수를 갚겠답시고 나서기에 사혁의 기억에 남아있던 일은 너무나도 옛날의 이야기였다.

하지만,

만약 그쪽에서 먼저 침범해온다면······.

'참지 않아도 되겠지.'

생각을 정리한 강혁은 잠시 마음을 추스르다가 이내 두 번째의 링크를 클릭했다.

'음? 여긴 일종의 도감 사이트인가?'

알 수 없는 글자의 나열로 만들어진 주소의 사이트는 괴물들과 관련된 정보를 정리해둔 사이트로 보였다.

'꽤나 잘 되어있군.'

사이트에는 각종 몬스터가 설화부터 외형, 습성들까지 자세히 분류되어 있었다. 심지어는 나라별로 그 서식지마저 분류되어 있었던 것이다.

거기의 어디부터 어디까지가 현실에서 통용이 되는 사실인지는 알 수 없는 일이었지만 알아두어서 나쁠 일은 없으리라.

'집에 가면 제일 먼저 이 자료들부터 옮겨야겠어.'

딥 웹의 특성을 고려함인지 사이트에는 프린트를 할 수 있도록 권한이 열려 있었다.

고개를 주억거린 강혁은 차례로 다음 사이트들을 확인하기 시작했다.

대부분은 괴물들의 연합과 관련된 사이트들이었다.

뱀파이어와는 반대된다고도 할 수 있는 늑대인간들의 커뮤니티 사이트라던가 사람을 죽이고 그 모습으로 변해서 살아가는 셰이프 시프터(신체변환자)들에 심지어는 마녀들의 집회 사이트까지.

'세상에 이렇게나 많은 괴물들이 있었던 건가.'

급격하게 피곤해진 것 같은 감각에 눈두덩을 비비며 마지막 7번째의 링크를 클릭한 강혁의 눈이 순간 이채를 띄었다.

'음? 이건….'

마지막의 사이트는 괴물들과 대치되는 헌터들의 커뮤니티였다.

강혁도 알 수 있다시피 경로를 알고 있기만 하다면 얼마든지 알 수 있는 사이트이기 때문인지 헌터들의 사이트에 별다른 내용은 없었다.

제대로 된 정보나 위치 따위를 올려두었다가 괴물들에게 발각되기라도 하면 그대로 몰살을 당할 수도 있을 테니까.

헌터들은 일종의 점조직 식으로 운영되고 있었다.

-괴물들을 증오하는 우리들은 모두가 동포다.

그런 글귀만이 섬뜩하게 떠올라 있는 사이트에는 초보 헌터를 위한 정보들만이 가볍게 정리되어 있었다.

하지만 그렇게 가볍기만 한 정보는 아니었다.

무기의 구입 경로라던가, 반드시 갖추어야만 할 기본 장비의 일체에 대한 것이 일목요연하게 정리가 되어 있었던 것이다.

그 외에도 주변에서 쉽게 구할 수 있는 것들로 괴물들에게 대응할 수 있는 일종의 민간요법에 가까운 방법들도 있었으며, 준비를 할 수 있도록 일정의 돈을 10년이나 되는 장기간의 할부금으로써 대출해주는 시스템도 있었다.

아마 그런 식으로 시작한 초보 헌터들이 조금씩 성과를 올리기 시작하면 은밀하게 접촉하여 합류하게 만들어간 의뢰를 보내거나 하겠지.

'헌터라…'

강혁은 어느새 말라붙은 입술을 핥았다.

생각해보면 꽤나 구미가 당기는 일이었다.

이제 돈을 걱정해야 할 단계는 아니었지만 어찌됐건 돈을 벌 수 있는 일인 것이다.

사이트에 남겨진 '초보 헌터를 위한 매니지먼트' 라는 글에 의하면 활동하고 얼마 지나지 않아 초보 헌터들은 접촉을 받게 되고 그 뒤로 여러 가지 선택을 할 수 있게 된다.

일종의 본부라고도 할 수 있는 장소에 가서 동료를 구하거나 혹은 혼자서 각지에 널린 여러 가지의 의뢰들을 해결할 수 있게 되는 것이다.

싸우는 방법은 비단 괴물들과 직접 마주치는 것만이 있는 것은 아니었다.

각자가 가진 재능에 따라 정보를 수집하고 그것을 분석하여 괴물들의 정보를 찾아내는 '탐색 팀' 에 들어갈 수도 있었으며, 자료를 바탕으로 실제의 흔적과 위험도를 조사하여 평가를 하고 투입 경로 따위를 만들어내는 '수색 팀' 에 들어갈 수도 있었다.

물론 대부분의 헌터들은 직접 괴물들과 싸우며 의뢰를 해결하고 돈을 벌어들이는 타격 팀이었지만, 세부적으로 나누자면 그러하다는 말이다.

'어쨌든 중요한 점은 의뢰가 계속해서 생겨난다는 점이지.'

어떤 식으로 끌어들이는지는 모르겠지만 헌터 커뮤니티의 수뇌부는 괴물들로 인해 피해를 입은 사람들을 찾아내고 그들을 설득시킴으로 인해 소정의 금액을 받는 모양이었다.

그런 이들의 이야기만 모아도 끈임 없는 의뢰지를 만들수 있을 만큼 피해자가 많다는 뜻.

물론 그런 피해자들에게서 받은 금액만으로는 운영을 하는데 어려움이 있겠지만 헌터 커뮤니티는 생각보다 꽤 큰규모로 돌아가고 있었다.

'최소한 100대 재벌에 드는 가문이 이면에 도사리고 있겠군.'

뱀파이어 같은 괴물들이 오래 살아가며 그 재산을 축적하고 영역을 구축해왔다면, 그 반대되는 헌터들의 사이에서도 미래를 대비하며 부를 축적해온 인물이 있었던 것이다.

'일단 이건 생각해볼 문제군.'

의뢰의 비용은 사냥하게 될 괴물의 위험도에 그 금액이 천차만별이었다.

안내 글에 따르면 A등급 위험도의 괴물이라면 한 번에 10만에서 50만 달러나 되는 돈을 벌 수 있다고도 하니까.

결코 적다고는 할 수 없는 금액.

하지만 강혁은 그런 금전적인 문제는 아무래도 좋다고 생각했다.

'중요한 건 정보니까.'

헌터 클랜에 몸을 담는 것만으로도 일반인은 쉽사리 구할 수 없는 수많은 고급의 정보들을 얻을 수 있게 되는 것이다.

입장 상 진짜 헌터들처럼 그것을 업으로 삼으며 매달릴 수는 없겠지만 작품과 작품 사이에 비는 휴식기 동안이라면 얼마든지 활약할 수 있을 터.

"생각해보자고."

"응? 뭐가?"

"아냐. 아무 것도. 그보다 아직 멀었어?"

"거의 다 왔어 임마. 앞으로 1시간 쯤?"

"아, 제길!"

미국은 여러모로 나쁘지 않은 곳이었지만 널따란 땅덩어리 하나만큼은 영 마음에 들지 않았다.

정확히 1시간 뒤에 집에 도착한 강혁은 곧바로 씻고 곯아 떨어지겠다며 선언한 종욱을 뒤로 하고 곧장 컴퓨터를 켠 뒤 찾아두었던 괴물 도감 사이트의 정보들을 모조리 프린트하여 정리한 뒤에야 겨우 잠에 들었다.

톱스타의 킬링필드

Hell is coming

chapter 4. 미스트

Hell is coming

chapter 4. 미스트

현존하는 괴물들이라는 난제를 만났음에도.

흘러가는 일정은 변화가 없었다.

강혁은 아무 일도 없었던 것처럼 일정들을 소화했고 생방송으로 진행되는 SNL의 출연에서는 나름 열심히 망가지며 새로운 캐릭터를 구축하기도 했다.

그렇게 어느덧 다시 시간이 지나가고,

"벌써 이렇게 됐나?"

강혁은 돌아 온지 한 달째를 맞이했다.

시기상으로 보자면 슬슬 미스트의 세계로 건너가야만 하는 순간.

하지만 사실 강혁은 아직 약간의 여유가 있었다.

지난 한 달간 스즈가 홀로 미션을 수행함으로써 포인트를 벌어들여서 그것을 환산하면 2주일 정도는 더 머물 수 있었던 것이다.

'그래도 이젠 상황이 달라졌으니까.'

어딘지도 모를 저 꿈속의 세계가 아닌 현실에조차도 괴물들이 돌아다니고 있었다.

앞으로 더 무슨 일이 벌어질지 모르는 상황에서 그저 현실에 안주하고 있을 수만은 없었던 것이다.

"내 꿈을 위해서라도."

어쩌다보니 상당히 복잡한 관계에 처하게 된 상태였지만 실질적인 몸의 주인인 강혁이 지닌 꿈은 헐리우드 스타가 되는 것이었다.

운 좋게 첫 작부터 대박 작품에 매력적인 캐릭터를 따낼 수 있었던 탓에 빠르게 인지도와 인기를 끌어 모을 수 있었고, 여러 가지 프로그램들의 출연으로 이제는 강혁이라는 이름이 헐리우드에서 불리는 것도 이상하지 않아졌다.

〈팬의 숫자〉: 현재 2204718명

〈충성 팬의 숫자〉: 34211명(3%)

〈인지도〉: 이제 당신은 미국에서만큼은 누구나 알아보는 스타의 반열에 올라섰다. 하지만 이런 때일수록 방심하지 말자. 공든 탑이 무너지는 것은 한순간이다.

팬의 숫자도 이제 200만을 넘어섰으며, 충성 팬들의 숫자 역시도 3만을 넘어섰다.

이제는 제법 스타 티를 내며 거들먹거려도 이상하지는 않다는 뜻.

하지만 강혁은 만족하지 않았다.

'아직은 부족하니까.'

그 규모부터가 압도적인 헐리우드의 전체적인 판으로 보자면 강혁은 아직은 A급 신인에 불과한 존재였다.

스포츠로 따지자면 유망주에 불과하다는 이야기다.

유망주가 반짝 활약했다고 해서 그것을 100퍼센트 믿고 가용해주지는 않듯이 지금의 강혁 역시도 초반의 운이 가져온 흐름을 타고 기세를 냈을 뿐이었다.

'그건 무엇보다도 수치가 정확하게 말해주지.'

현실에 존재하는 별도의 능력치라고도 할 수 있는 톱스타 매니저의 능력치.

[현재 능력치]

외모 (86/100)

육체 (90/100)

재능 (37/100)

감각 (47/100)

아직 별다른 포인트를 투자하지 않았음에도 능력치는 약간의 변화가 생겨난 상태였다.

외모가 이전보다 4포인트 증가했으며, 육체는 무려 19포인트나 성장했다.

육체 스텟의 경우에는 아무래도 기존 스테이터스 창의 수치에 영향을 받는 모양이었다.

초인에 가까운 스텟을 지니고 있음에도 육체 능력이 90포인트 이상 올라가지 않은 것을 보면 육체 스텟은 아마도 미적인 관점까지 함께 고려된 능력치가 아닐까.

아무튼, 외모와 육체 그 두 가지의 수치를 제외하면 여전히 암담한 상태인 것이다.

특히나 암담한 부분은 역시 재능이었다.

이제와지만 강혁은 자신이 배우가 아니라 모델 같은 쪽으로 갔었다면 더 성공하지 않았을까 생각했다.

'뭐, 그래도 내겐 톱스타 매니저가 있으니까.'

그리고 지금 그에게는 무려 100000P나 되는 매니저 포인트가 있었다.

팬의 숫자 200만 달성으로 인해 얻은 포인트가 5만.

충성 팬의 게이지가 100퍼센트를 달성함으로 인해 얻게 된 포인트가 5만이었다.

충성 팬의 게이지는 100퍼센트를 달성한 뒤에 '팬의 선물'이라는 아이템을 만들어낸 뒤 다시 0퍼센트로 초기화 됐는데, 선물상자를 열자 나온 것이 5만의 매니저 포인트였다.

상자가 뱉는 최소 수치를 알 수 없으니 운이 좋았던 건지 나빴던 건지는 알 수 없었지만 일단 총합 10만의 포인트를 벌 수 있었다는 것만으로도 나름의 쾌거라고 할 수 있었다.

"자, 그럼 이 포인트들을 어디에다 투자하느냐인데……."

당장에 눈에 띄는 것은 역시 처참한 재능 수치였다.

앞으로 시간이 가면 갈수록 밑천은 빠르게 드러나게 될 테니 그때를 위해서라도 재능 수치는 빠르게 성장시킬 필요가 있었던 것이다.

"감각 쪽도 무시할 순 없고……."

이래저래 실험하며 알게 된 사실이지만 톱스타 매니저의 '감각' 수치는 작품을 고르는 눈과 촬영장의 분위기나 각자의 인간관계 등을 세밀하게 읽을 수 있게 되는 능력이었다.

촬영장만 가면 분위기를 망치는 배우가 있는가 하면 그저 나타나기만 해도 사람들이 모여드는 배우도 있지 않던가.

감각 스텟은 말 일종의 눈치와 감을 키워줘서 작품 활동을 원활하게 할 수 있게 되는 능력이었다.

커리어가 쌓이면 쌓일수록 작품의 선택이 까다로워질 수밖에 없는 배우로써는 무엇보다 필요한 능력.

대단한 커리어의 배우도 한번 작품을 잘못 찍어서 이미지가 망가지고 몸값이 우수수 떨어져 내리기도 하니까 말이다.

'하지만 역시 지금은 재능이 우선이겠지?'

결국 고민 끝에 강혁은 10만의 포인트를 모조리 재능에 투자하기로 마음먹었다.

[현재 능력치]

외모 (82/100)
육체 (71/100)
재능 (51/100)
감각 (47/100)

무려 10만이나 되는 포인트를 들이부었지만 재능 수치는 겨우 50을 넘겼을 뿐이었다.

이제야 겨우 '배우'라고 하는 평범한 재능의 적정선에 들어선 것이다.

일반인에 비하자면 50이나 되는 재능도 대단한 것이었지만 신인부터 전설까지를 총망라한 배우들의 기준으로 보자면 50은 겨우 시작점일 뿐이었다.

'남은 포인트는 6000P인가. 애매하네.'

가장 낮은 포인트인 감각 스텟조차도 1단계를 올리려면 7000P가 필요했다.

"일단은 보류."

스텟의 투자를 마무리 지은 강혁은 떠올라있던 모든 창을 내리고는 부엌으로 걸어가 콜라를 꺼내어 마셨다.

일단 건너가게 되면 또 언제 돌아오게 될지 알 수가 없으니까……, 갈증이 날만한 물건은 미리미리 해소해두는 편이 좋으리라.

"크으~ 좋구만!"

여태까지 수많은 음료들을 마셔봤지만 역시 강혁의 취향에 가장 어울리는 것은 콜라였다.

단숨에 한 캔을 원 샷 해버린 탓에 따끔거리다 못해 화끈하기까지 한 목구멍의 상태를 즐기며 잠시 콜라 예찬론에 취해있던 강혁은 이내 끄어억 하고 거창한 트름을 토하고 난 뒤에야 부엌을 벗어났다.

"자, 그럼 가볼까?"

어차피 오늘부터 사흘 동안은 별다른 일정이 없는 백수 신세였다.

종욱마저도 한국 쪽에 일이 있다며 건너간 탓에 집에는 오롯이 홀로 남아있는 상태.

지금이라면 어디서 어떤 모습으로 돌입해도 이상하지는 않으리라.

'명령어는… 다이브였던가?'

자격의 충족으로 인해 닿을 수 있게 된 세계 '미스트'로 갈 수 있는 방법은 두 가지였다.

저쪽에 대한 생각을 하며 잠이 들든가, 아니면 '다이브'라고 하는 명령어를 말하는 것이었다.

거실의 소파로 걸어가 편하게 기대어 앉은 강혁은 TV의
액정 화면으로 희미하게 비치는 스스로의 모습을 가만히
쳐다보고 있다가 이내 나지막한 목소리로 속삭였다.

"…다이브."

그와 동시에.

강혁의 의식 역시도 급격하게 가라앉았다.

❖

"어? 오셨네요."

"음…."

들려오는 목소리에 침전된 정신을 깨우며 눈꺼풀을 밀어
올리자 어째서인지 속옷차림인 스즈의 모습이 보인다.

만화였다면 지금쯤 꺄아아악~ 하는 소리와 울리고는 짝
악! 하는 소리와 함께 볼에 벌건 손자국이 생기고도 남았을
터.

하지만 현실에서의 남녀는 그저 서로를 멀뚱멀뚱 쳐다볼
뿐이었다.

'그렇군. 이제부터는 항상 이곳이 시작점이 되는 건가.'

강혁이 눈을 뜬 장소는 지난번 돌아오기 전에 잠깐 쉬어
간 일이 있던 원룸 형태의 방이었다.

스즈라고 하는 거주민이 있기 때문일까?

원룸 공간은 기억에 있던 모습과는 꽤 달라져 있었다.

'TV가 생겼고 냉장고에 … 화장실과 욕실까지 생겼군.'

분명 이전에는 없던 구조물들이었다.

강혁은 그제야 스즈의 꼴이 이해가 갔다.

"목욕이라도 할 셈이었나?"

"네. 방금 막 미션을 깨고 돌아왔거든요. 이럴 때는 깨끗하게 씻고 나서 맥주 한 잔 하는 게 정석 아니겠어요?"

"맥주?"

강혁의 눈썹이 꿈틀거렸다.

맥주가 뭔지 몰라서 물어보는 질문은 아니었다.

그것을 눈치 챈 스즈가 짐짓 곤란한 표정을 짓더니 이내 몸을 베베 꼬는 듯한 자세를 취하며 말을 이었다.

"그게… 실은 미션을 깨면 저한테도 떨어지는 콩고물이 있거든요. 물론 그건 원래 강혁님의 허락을 받고 써야하는 거지만… 저 혼자 있는데다가 제 쪽에서 따로 연락을 할 수도 없고 그래서……."

"잘했어."

"그러니까 제가 멋대로 써버렸다기보다는 어쩔 수가 없는… 에? 뭐라고요?"

"잘했다고. 앞으로도 네 몫으로 나온 포인트 같은 건 원하는 데다가 써."

"…진짜로요?"

스즈가 믿을 수 없다는 듯 눈을 동그랗게 치켜뜬다.

분명 지난번에 봤을 때는 저런 캐릭터가 아니었던 것 같은데… 안 본 사이에 뭔가 분위기가 가벼워진 것 같은 느낌이다.

"알아서 써. 혼자 있으려면 무료하기도 할 테니까. TV라도 있어야 되겠지. 근데 저거 나오긴 하는 거냐?"

"그럼요! 저는 프리미엄 채널을 신청했기 때문에 무려 367개 차원계의 인기 채널들을 볼 수가 있다구요. 거기에는 지구와 관련된 채널도 있답니다."

허락을 받았다는 생각 때문인지 스즈는 소담한 가슴을 내밀며 자랑스럽게 늘어놓기 시작했다.

"지구의 채널도 나온다고?"

"네. 최신 프로그램도 나와요. 강혁님이 출연한 데드문 1기 재방송이랑 맨즈 챌린지도 다 챙겨봤답니다. 엣헴!"

마치 칭찬해달라는 듯이 콧등을 으쓱하며 자랑하는 스즈의 말에 강혁은 실소를 머금었다.

"하라는 미션 수행은 안하고 TV만 봤군."

"아니에요! 저 정말로 열심히 했다구요!"

"알았으니까 씻기나 해."

억울하다는 표정으로 외치는 스즈의 말을 대충 흘려 넘긴 강혁은 한결 사람이 사는 곳처럼 변해있는 방안의 전경을 다시 한 번 둘러보고는 이내 고개를 끄덕였다.

강혁의 입장에는 현실과 미스트의 세계를 오가는 정거장과도 같은 정도의 장소였지만 역시 횅하게 비어있는 것보다는 부산해 보이는 편이 괜찮았기 때문이었다.

'아무리 그래도 여기저기 걸려있는 란제리들은 어떤가
싶지만.'

저것조차도 자신에게 허용된 포인트로 구입한 건지는 알
수 없었지만 스즈는 빈약해 보이는 체형과는 달리 상당히
대담하고 성숙한 느낌의 속옷들을 즐겨 입는 모양이었다.

'일단은 결산부터로군.'

지금부터 가게 될 '미스트' 라는 곳은 여태까지 겪어왔
던 악몽들과는 또 다른 차원의 세계였다.

뭔가 레벨 시스템도 생기고 스텟들의 성장 여지도 생기
는 것을 보면 이전처럼 무력함에 가까운 상태에서 헤쳐 나
와야만 하는 경우는 없을 것 같지만……

'역시 만만치는 않을 테니까.'

생각을 결정한 강혁은 이내 아껴두었던 아이템창을 열었다.

[소유한 아이템]
-레어 등급 미스터리 박스 (x1)
-하급 스킬 북 〈초 회복〉 (x1)

일단 창에 보이는 아이템은 총 두 가지였다.

지난번 승급을 통해서 얻었던 일종의 랜덤 박스와 아마
도 시나리오의 올 클리어의 보상으로 주어진 것처럼 보이
는 '회복' 능력과 관련된 스킬 북.

강혁은 먼저 스킬북을 꺼내어 곧장 사용했다.

그러자 청량감 같은 것이 들며 즉각 스킬창에 새로운 아이콘이 생성된 것이 보인다.

〈초 회복〉

-보조형 패시브 스킬인 '회복'의 상위 스킬

-조금 더 우월한 회복력을 발휘할 수 있다.

-하루에 한 번 소유한 피의 20%를 소모하여 피콜로에 가까운 회복력을 발휘할 수 있다.

이전에 시나리오들을 클리어할 때마다 그 보상으로 주어지던 보조 능력치였던 '회복'이 발전한 스킬 '초 회복'은 기본적인 패시브 효과 외에는 별로의 엄청난 사용 효과를 지닌 스킬이었다.

"그럼 다음은… 로또인가?"

잠시 숨을 고른 강혁은 다시 손을 뻗어 레어 등급 미스터리 박스를 클릭했다.

그러자 황금상자 모양의 아이콘이 홀로그램처럼 눈앞에 떠오르며 〈개봉하시겠습니까?〉라는 글귀가 드러난다.

"물론이지."

강혁은 곧장 YES를 클릭했다.

번쩍-

버튼을 누르자마자 상자가 열리며 찬란한 빛무리가 시야

를 가득 메운다.

"으응?"

반사적으로 감았던 눈을 천천히 뜬 강혁은 드러난 내용물의 모습에 애매한 표정을 짓고 말았다.

[수수께끼의 알(유니크)]

-정체불명의 알이다.

-안에 무엇이 있을지는 깨어지기 전까지는 알 수가 없다.

알이라니⋯ 그것도 설명조차 제대로 박혀있지 않은 의문의 알이었다.

"어? 그건 무슨 알이에요?"

"글쎄다⋯."

실체화 시켜 눈앞에 드러난 알의 모습에 막 씻고 밖으로 나서던 스즈가 물어온다. 강혁은 대충 대답해주고는 다시 알을 향해 시선을 옮겼다.

'공룡 알?'

크기로 보아서는 못 해도 벨로시렙터 정도는 들어 있을 것처럼 보이는 알은 타조 알의 3배는 되는 크기를 지니고 있었다.

안에 뭐가 있든 간에 일단은 아이템으로 분류된 이상 분명 도움이 되는 물건이 있을 터.

'……문제는 내용물을 쉽사리 개봉할 수 있을 것 같지는 않다는 말이지.'

아이템의 설명에는 내막과 관련된 어떤 제대로 된 설명도 붙어있지 않았으며, 외형만 봐도 알은 물리력으로 깨부술 수 있을만한 수준의 물건은 아니었다.

텅, 터엉-

알을 두들겨서 난 소리였다.

마치 강철 벽을 두드린 것 같은 소리.

"미치겠군."

만약 생물체가 들어있는 거라면 하다못해 언제 깨어나는지 정도는 알려주어야 할 것이 아닌가.

하지만 수수께끼의 알은 그 아이템의 명칭처럼 정말로 아무 것도 드러나 있는 정보가 없는 것이다.

'이걸 재수가 없다고 해야 하나?'

무려 레어 등급의 박스를 까서 나온 결과물이 당장 사용할 수도 없고 그 이용법조차 알 수 없는 짐 덩어리라니…….

하지만 망했다 싶으면서도,

'막상 아이템의 등급은 유니크 등급이란 말이지.'

이건 기뻐해야 할지 울어야 할지 모르겠는 기분이었다.

이도저도 못하는 답답한 상황에 한숨을 내쉰 강혁은 이내 알을 다시 아이템창으로 되돌려 놓고는 스즈를 보며 말했다.

"저기… 근데 아무리 그래도 그리 대놓고 옷을 갈아입는 건 좀 그렇지 않아?"

"에?"

완전한 알몸의 상태에서 막 물기를 다 닦아내고 검은색 레이스 팬티를 향해 한쪽 발목을 집어넣으려다 말고 고개를 갸웃거리는 스즈.

이내 스즈는 야릇한 미소를 머금으며 말했다.

"호홋, 설마 쑥스러워 하시는 거예요? 제가 여자로 보인다거나?"

부끄러운 줄도 모르고 팬티 한쪽을 다리에 걸친 채로 완전한 알몸의 자태를 한껏 휘어 교태로운 포즈를 취해 보인다.

다분히 유혹적인 자세.

하지만 강혁은 한숨을 내쉬며 답했다.

"미안하지만 난 글래머 파라서. 유혹을 하려거든 최소한 C컵은 넘겨야 하지 않겠니?"

한숨과 함께 눈동자의 아래로 살짝 옮겨가는 시선.

그 시선을 따라 자신의 가슴께로 함께 시선을 옮기던 스즈의 얼굴이 터지기 직전의 폭탄처럼 일순 빨개졌다.

"캬아악! 이 변태!"

"어차피 보여준 건 본인이잖아."

여전히 심드렁한 강혁의 반응에 스즈는 눈물까지 글썽거리며 소담한 가슴께를 두 손바닥으로 가리며 씩씩거리다가 이내 급하게 손을 뻗어 팬티를 착용하고 브래지어마저 착용했다.

그리고는 뒤로 돌아서서는 볼멘소리로 덧붙이듯 말하는 것이다.

"가, 가슴 따윈 별로 중요한 게 아니라고욧!"

하지만 잘 봐줘도 A컵을 겨우 넘어설 것처럼 보이는 그녀가 말하기에는 별로 설득력이 없는 말이었다.

"알았으니까 적당히 쉬다가 시나리오 마무리나 잘해. 어디까지 진행 했어?"

"지금 7번째 시나리오까지요."

"오! 이제 3개 밖에 안 남았네. 그럼 부탁할게."

"…네."

어쩔 수 없는 주종 관계의 증명에 스즈는 풀이 죽은 목소리로 답했다.

그 모습을 보니 또 마음이 영 가질 않는 건 아니라서 뭔가 위로가 될 말이라도 건넬까 싶었지만 강혁은 이내 고개를 흔들고는 방 한쪽 구석에 생겨난 문을 향해 다가갔다.

"여기가 출입구로군."

누군가에게 설명을 들을 적은 없었지만 머릿속에 새겨지기라도 한 것처럼 자연스럽게 떠오르는 정보였다.

'미스트의 세계로 진입하고 싶다면 손잡이를 오른쪽으로 돌린다. 그런 다음 바깥을 향해 밀어서 열면……'

손잡이를 꺾어 비틀어 열자 차그르륵— 하고 톱니가 돌아가는 듯한 소리가 들리며 잠금이 풀려나간다.

콰아아아–

열려진 문의 틈으로 그 모습을 드러낸 것은 소용돌이처럼 돌아가는 일종의 차원통로였다.

'과연… 이런 식으로 오가게 되는 건가?'

아마 방으로 돌아오게 되는 경로도 이와 비슷한 방식으로 이용할 수 있는 구간이 있을 것이었다.

본인의 의지와는 무관하게 강제적으로 옮겨지게 되던 이전의 방식이 비하면 상당히 친화적이면서도 발전한 방식.

'격의 상승이라는 게 좋긴 좋네.'

마치 노비의 신분에서 평민 정도로는 상승을 한 것 같은 기분이었다.

"그럼, 다녀올게."

"조심하세요."

마지막으로 스즈에게 인사까지 남긴 강혁은 다시 눈앞에 돌아가는 소용돌이를 쳐다보다가 이내 숨을 고르고는 한발자국 앞으로 내밀었다.

쑤욱 하고 빨려 들어가며 한쪽 발을 삼키는 차원 통로.

그 안에서 느껴지는 흡입력에 강혁은 더 이상 망설이지 않고 차원 통로의 너머를 향해 완전히 들어섰다.

츠아아아–

강혁이 들어서자마자 소용돌이가 크게 요동치며 더 거세게 돌기 시작했다.

그리고 이내 한쪽을 향해 열려있던 문에 저절로 닫힌다.

끼익- 쾅!

차르르륵-

톱니소리와 함께 잠금장치까지 완전히 걸리자 방 안으로 침묵이 내려앉는다.

여전히 속옷 차림인 채로 강혁이 떠나간 문을 멍하니 쳐다보고 있던 스즈는 뭐가 마음에 들지 않는지 입술을 불퉁하게 내민 채로 한숨을 내쉬다가 이내 방 침대를 향해 뛰어가 몸을 던져 넣는 것이다.

"쳇, 수고했다는 말 정도는 해주지."

볼멘소리로 중얼대며 스즈는 침대 한 편에 숨겨놓았던 리모컨을 꺼내어 들었다.

띠익-

버튼을 누르자마자 곧장 불이 들어오며 켜지는 화면.

강혁의 집에 있는 것에는 비할 바가 못 되지만 그래도 40인치는 되어 보이는 평면 TV의 화면에는 한국에서 서비스하는 미드 채널이 열려 있었다.

"진짜 시크하다니까."

때마침 화면을 가득 채우는 배우의 얼굴을 바라보며 스즈는 불만과 동경이 반씩 섞인 얼굴로 푸념을 토했다.

"멋지긴 되게 멋지네."

TV에는 최근 한국에서 폭발적인 반응을 일으키고 있는 미드 '데드문' 의 1기가 연속 방영을 하고 있는 중이었다.

"흐음?"

강혁은 마치 잠에서 깨어나는 것처럼 자연스럽게 눈꺼풀을 밀어 올렸다.

그러자 즉각 비추어져 보이는 앙상한 숲의 전경.

"이런 식으로 시작되는 건가?"

지금과는 전혀 다른 곳으로 가는 일이라서 뭔가 어딘가 거대한 성 같은 곳으로라도 이동이 될 줄 알았는데 전혀 예상 외의 장소였다.

휘이이이-

"춥군."

싸늘한 바람이 증명해주듯 앙상하게 가지만이 남은 나무에 등을 기대고 앉은 채로 깨어난 강혁은 천천히 몸을 일으켜 세웠다.

"……."

천천히 둘러본 시선에는 앙상하게 말라붙은 숲의 전경 외에는 아무 것도 보이는 것이 없었다.

"…그럼 그렇지."

여태껏 불친절했던 시스템이 이제와 편의를 봐줄 리가 없지 않는가.

안내인은커녕 정신을 추스를만한 공간조차 보이지 않아 삭막하다 못해 막막하기까지 한 시작점이었다.

"일단은 이동해야겠군."

현재의 옷차림은 평범하기 그지없는 흰색의 티셔츠에 검은색의 데님 팬츠를 입고 있는 상태.

현실에서라면 당장에 서울 시내만 나가봐도 코스프레라도 한 것처럼 비슷한 옷차림을 쉽사리 찾아볼 수 있을 만큼 정석에 가까운 복장이었지만 기능성에서는 그다지 좋다고 할 수 없었다.

그나마 신발은 스니커즈 화라서 활동성이 부여된다는 점이 좋았지만 역시 이런 맹추위를 버티기에는 심히 가벼운 옷차림이었다.

휘이이잉-

귓가에도 울릴 만큼 바람이 쌩쌩 불어대는 산속에 오래 서있다가는 그대로 얼어 죽게 될 테니까.

강혁은 대충 방향을 정하고는 발걸음을 내딛었다.

그런데 바로 그때였다.

띠링!

〈미스트로 처음 발을 딛는 분에게 알려드리는 깨알 팁!〉

왠지 모르게 저렴한 효과음과 함께 한 줄의 글귀가 눈앞에 떠올랐다.

-Tip. 미스트에서는 언제 위험이 닥쳐올지 모릅니다. 스스로의 안전을 위해 항상 장비를 우선적으로 체크하시길.

"아!"

팁을 보자 비로소 떠오르는 기억이 있었다.

아직 확인을 해보지는 않았지만 한 가지 더 체크해야만 할 부분이 남아있었던 것이다.

"시공 상점."

명령어를 내뱉자마자 눈앞에 떠오르는 상점 창.

창의 좌측 상단에는 〈시공의 주화〉라는 글귀와 함께 3000이라는 숫자가 새롭게 떠올라 있었다.

"역시나!"

알림 메시지에는 나와 있지 않았지만 미션 클리어나 승급 등의 보상으로 시공의 주화 역시 지급되어 있었던 것이다.

지난번에 받았던 주화의 개수가 500개에 불과했다는 점을 생각해보면 무려 6배나 증가한 수치였다.

'자, 그럼 뭘 사면 좋으려나······.'

잠시 고심하던 강혁은 곧장 손을 움직여 초보 방어구 세트를 구입했다.

1000주화짜리의 세트 아이템으로써 흉갑, 완갑, 각반 등으로 이루어진 가죽 방어구 세트였다.

아이템을 장착하자 즉각 갈색의 방어구가 가슴과 손목 정강이 등에 자동으로 착용이 된다.

"흐음…."

본래 입고 있던 옷에다가 장착하고 보자 뭔가 심히 어울리지 않는 느낌이었지만 지금 그런 것을 걱정할 때랴.

강혁은 이어서 여행용품 탭으로 들어가서 보온 망토마저 구입했다.

300주화로 구입할 수 있는 보온 망토는 약간은 야만인 느낌이 드는 갈색의 털 망토였다.

입고 나서 보니 이미 착용한 방어구 세트와 한 세트인 것처럼 보였다.

'남은 건 이제 1700주화인가?'

망토로 체온이 어느 정도는 보존이 되었기 때문일까.

조금은 급한 마음이 가라앉은 강혁은 잠시 고심하다가 시미터와 단검을 소환해 들었다.

"다행히도 일반 등급 아이템은 판매도 가능하니까 말이지."

물론 구입할 때와 똑같은 가격은 아니었지만 분명 판매가 가능했다.

강혁은 두 개의 무기를 모조리 판매하여 300주화를 되돌렸다.

그렇게 이제 남은 시공의 주화는 총 2000개.

강혁은 망설임 없이 장창 탭과 단검 탭을 열어서 원하는 아이템들을 구입했다.

-투척용 단검 세트 8PIC
-장인의 강철 장창

각자가 1000주화씩 하는 아이템들이었다.

투척용 단검 세트는 총 8개의 단검들과 그것을 장착할 수 있는 벨트까지 포함된 아이템이었으며, 장인의 강철 장창은 오래전 첫 번째의 시련 때 쥔 적이 있던 창과 비슷한 이미지를 지닌 무기였다.

"좋군."

투척용 단검 세트를 장착하고 장인의 창까지 손에 쥔 강혁은 손에 착 달라붙어오는 창대의 균형감에 흡족함을 느끼며 그대로 휘둘렀다.

씨이잉-

바람마저 절단시킬 것처럼 날카로운 소성.

과연 장인이라는 명칭에 걸맞게 장창은 알맞은 균형감에 무게감은 물론 견고함과 창날의 날카로움까지 모두 갖추고 있는 명품이었다.

"이거면 충분히 준비를 했다고 할 수 있겠지."

창을 늘어뜨린 채로 망토를 한 번 더 여민 강혁은 향하던 방향을 향해 다시금 발자국을 옮겨가기 시작했다.

❖

숲은 끝이 없었다.

앙상하게 마른 나뭇가지들이 끝없이 이어지며 삭막함을 강요한다.

"……."

묵묵히 걸음을 옮기던 강혁은 무심코 하늘을 올려다보았다.

눈앞에 비친 전경만큼이나 삭막한 회색빛의 하늘 위로 몇 개의 구름들이 흘러가는 게 보인다.

태양마저 가리는 먹구름들.

"곧 비가 올지도 모르겠는데……."

'어쩌면 눈일지도 모르고 말이지.'

강혁은 가슴이 답답해져 옴을 느꼈다.

벌써 헤매기 시작한지도 1시간쯤은 지난 것 같은데 눈앞의 전경은 전혀 변화의 기미를 보여주지 않고 있었다.

'일단 비를 피할 때라도 찾아봐야겠어.'

조금은 다급해진 마음에 강혁은 한층 더 발걸음을 빨리해서 움직이기 시작했다.

그렇게 얼마나 헤맸을까.

강혁은 이후로도 장장 1시간은 더 가서야 원하던 장소를 발견할 수 있었다.

'…여기라면!'

강혁의 눈에 뜨인 곳은 동굴이었다. 앙상한 숲의 영역이 끝나자마자 그 모습을 드러낸 바위지대의 한구석에 덩그러니 드러나 있었던 것이다.

적당한 긴장을 두르며 안으로 들어서자 안쪽으로 제법 움푹 파여 들어간 공간이 보인다.

'아무래도 짐승의 보금자리였던 모양이군.'

먹고 아무렇게나 버려둔 뼛조각들이 눈에 뜨인다. 아무래도 곰이나 호랑이 따위의 짐승이 머물렀던 장소인 모양.

하지만 지금은 그저 빈 동굴일 뿐이었다.

투둑, 투두둑…

동굴을 향해 들어서고 얼마 지나지 않아 타이밍 좋게 빗물이 쏟아져 내리기 시작했다. 한 방울 두 방울 떨어지는가 싶더니 급기야 퍼부어 내리기 시작했던 것이다.

쏴아아아―

"살았네."

동굴 밖에서 시끄럽게 울리는 물소리를 들으며 강혁은 한순간 긴장이 풀려 습기 찬 동굴의 벽에 등을 기대고 앉았다.

이제야 눈치 챈 일이지만 다소 속도를 낸 탓인지 등이 흠뻑 젖어들어 있었다.

이대로 계속 있다가는 결국 동사하게 될 터.

강혁은 노곤한 몸 상태에도 불구하고 억지로 몸을 일으켜 세웠다. 그리고는 그만 실소를 머금고 마는 것이다.

불과 얼마 전까지만 해도 괴물이니 살인마들이니 하면서 죽음의 위기를 지나쳐 왔는데 그런 지옥들마저 지나쳐온 그가 추위 때문에 위험에 처하고 있다는 사실 자체가 웃겼던 것이다.

[살인마와 괴물. 그리고 마침내 악마마저 쓰러뜨린 용사, 외딴 겨울의 숲을 헤매다 추워서 사망.]

그런 어이없는 결말을 맞을 수는 없는 노릇이 아닌가.

강혁은 일단 동굴의 내부를 좀 더 자세히 둘러보았다.

'추위를 피하려면 일단 모닥불 같은 거라도 피워야 할 것 같으니……'

잘 타는 마른 가지들이라면 당장 동굴 밖의 주변만 보아도 널려 있었지만 이제는 사라진 가치들이었다. 지금도 시끄럽게 두들기는 빗소리를 들어서는 쉽게 그칠 것 같은 분위기는 아니었으니까.

"끄응, 오면서 몇 개쯤 꺾어둘 걸 그랬나?"

안타깝게도 동굴의 내부에는 그다지 눈에 뜨이는 아이템이 보이질 않았다.

'결국 남은 건 극기 훈련뿐이구만.'

이 엄동설한에 옷을 벗어야 한다니 생각만 해도 살이 떨릴 것 같은 기분이었지만, 이대로 계속 있다가는 오히려 식어버린 땀이 뼛속까지 스며들어 골병이 들고 말 것이었다.

강혁은 창대를 옆에 세워두고 망토를 벗고 흉갑까지 벗은 뒤 차례로 티셔츠까지 벗었다.

후욱 하고 갇혀있던 열기가 벗어나며 본격적인 냉기가 몸을 침식해온다.

"으~ 제길."

강혁은 욕설을 머금으며 망토의 겉면을 이용해 몸의 땀을 대충 닦아낸 뒤 펼쳐서 담요처럼 둘렀다.

"후으으…."

추위가 사라진 것은 아니었지만 가림막이 있기 때문인지 훨씬 나아진 것 같은 기분이 들었다.

식었던 땀방울이 증발하고 보온 망토가 체온을 보존하기 시작하자 강혁은 조금씩 안락한 기분이 드는 것을 느꼈다. 생각 같아서는 코앞에 활활 타오르는 모닥불이라도 있었으면 했지만 없는 걸 어쩌겠는가.

'있는 데로 살아야지.'

그렇게 스스로를 설득하며 휴식을 취하고 있을 때였다.

강혁은 돌연 무언가가 다가오는 기척을 느꼈다.

"!"

다른 곳도 아니고 정확히 이곳을 향해 다가드는 기척.

시끄러운 빗소리의 사이로 희미하게 탁탁탁 거리던 발자국소리가 급격히 가까워지며 동굴의 입구로 다가들고 있었다.

'이족 보행. 짐승 같은 건 아니다.'

강혁은 꽁꽁 싸매고 있던 망토를 풀고서 창을 향해 손을 뻗었다. 뭐가 됐든 적대적인 대상이라면 곧장 전투를 치러야 할지도 모르기 때문이었다.

'와랏!'

코앞까지 가까워진 소리만큼이나 강혁의 긴장감 역시 고조되었다.

그리고 바로 다음 순간!

"후아아~ 갑자기 이게 웬 비냐고!"

"멍청아! 그러니까 내가 내일 움직이자고 했냐 안 했
냐!?"

빗물에 절어든 물비린내의 냄새와 함께 두 사람의 목소
리가 동굴 내부로 울렸다.

'…사람?'

강혁은 순간 반가운 마음이 들었지만 경거망동하지 않고
자세를 유지하고 있었다.

아직 상대가 우호적인 대상인지는 알 수 없으니까.

그때 투덜대며 흠뻑 젖은 외투를 벗고 머리의 물기를 털
어내던 방문자들 역시도 강혁을 발견했다.

"어? 사람이 있어!"

"선객이 있었네."

강혁을 발견하고도 별로 놀라거나 적대하지는 않는 것
같은 반응. 그 물렁물렁한 분위기에 저도 모르게 창대를 쥔
손의 힘을 풀자 두 사람, 정확히는 두 남녀가 다가서며 말
을 걸어왔다.

"안녕하세요? 보아하니 그쪽도 비를 피하려고 들어오신
것 같은데 잠깐 같이 있어도 되겠죠?"

먼저 말을 걸어온 쪽은 갈색 머리칼을 드래드의 형태로
묶어 꽁지머리를 하고 있는 히스패닉계의 남자였다.

유달리 작은 눈초리가 뱀처럼 사나워 보이긴 했지만 기
본적으로 눈웃음을 짓고 있기 때문인지 거부감이 드는 이
미지는 아니었다.

강혁은 묵묵히 고개를 끄덕여 인사를 받았다.

"원래부터 빈 동굴이었으니……."

"좋네요. 그럼 비가 그칠 때까지 만이라도 잘 부탁해요."

그 말을 끝으로 남자는 쿨하게 물러나 강혁의 반대편에 적당히 거리를 두고 앉았다.

뒤에 서있던 여자는 뭔가 우물쭈물 하는 듯 하다니 이내 조용히 남자의 옆에 엉덩이를 붙이고 앉는 모습이었다.

'뭐, 적대적 대상은 아닌 것 같으니.'

강혁은 대면 대면한 반응을 유지하며 움켜쥔 창을 끌어당겨 어깨에 기대었다.

상대에 대한 경계를 완전히 풀지 않았다는 일종의 제스처.

"후우, 추워라!"

"빨리, 빨리 불 키자!"

그런 강혁의 행동에도 불구하고 두 사람은 자신의 일에 여념이 없었다.

배낭을 뒤져서 뭔가의 금속 조각 같은 것을 꺼내는가 싶더니 이리저리 조작해서 거치대를 만들고 거기에 흠뻑 젖은 외투들의 물기를 짜서 걸어두는가 하면, 또 어디서 가져왔는지 모를 나뭇가지들을 바닥에 깔고서 붉은색의 돌멩이를 꺼내어서는 그 위로 유백색의 염료 같은 것을 뿌리는 것이다.

화르륵—

"!"

염료를 뿌린지 얼마 지나지 않아 커다랗게 피어오르는 불길에 강혁은 눈을 크게 치떴다.

불과 10여 초 만에 급조된 모닥불이 만들어지며 그 훈기가 동굴 내부를 채우기 시작했기 때문이었다.

의도한 것인지 모닥불은 두 남녀와 강혁의 사이에 설치되었기 때문에 강혁은 굳이 아쉬운 소리를 하지 않아도 바라마지 않던 모닥불의 열기를 취할 수 있었다.

"……."

"……."

잠깐의 침묵이 지나고 차오른 열기에 긴장도 조금씩 풀려갈 쯔음 모닥불을 뒤적이던 사내가 기습적으로 말을 걸어왔다.

"저기 근데… 그쪽은 어쩌다가 이런 외지로 오신 거예요?"

"그러게? 이런 겨울에 아오골의 숲에 오는 건 우리 밖에 없을 거라고 생각했는데……."

사내의 말에 여자가 덧붙였다.

남자와는 반대로 커다란 눈에 순한 강아지와도 같은 이미지를 지닌 여성.

그녀는 특이하게도 녹색의 머리칼을 지니고 있었는데 눈썹까지 이어지는 그 색깔이 너무나도 자연스러워서 염색을 한 것처럼 보이지는 않았다.

"흐음."

강혁이 대답을 고심하고 있자 사내가 다시 말했다.

"아! 그러고 보니 통성명이 늦었네요. 저는 홀트 아이작. 이 녀석은 쥬시 팰머트에요. 둘 다 모험가죠."

"이, 이래 뵈도 C등급 모험가라구욧!"

그게 뭐가 중요한지는 모르겠지만…….

아무튼 소개를 들은 강혁은 마주 인사를 했다.

"제 이름은 강혁. 마찬가지로 모험가입니다."

"오! 역시나. 그런데… 여긴 어떻게 오신 거예요? 겨울이라 보통은 다들 마을에만 있는 시기인데."

"음, 그건….""

강혁은 일순 할 말이 궁해지고 말았다.

여기서 뭐라고 말한단 말인가.

실은 아는 건 쥐뿔도 없고 이 대륙에 처음으로 발을 디딘 이방입니다 라고 할 수는 없는 노릇이 아닌가.

"흐응… 말하고 싶지 않으시면 안 하셔도 되요. 굳이 캐묻는 성격은 아니거든요. 모험가끼리 매너이기도 하고."

강혁이 대답을 끌자 사내, 홀트는 적당한 이유를 대며 스무스하게 이야기를 넘어가 주었다.

강혁은 내심 다행이라고 생각하며 입을 다물었다.

그리고 다시금 내려앉는 침묵에 어색한 공기가 돌기 시작할 때였다.

"저기… 근데 혹시 직업이 전사세요?"

"…네?"

돌연 여성의 쪽에서 말을 걸어왔다.

얼굴이 앳되어서 소녀처럼도 보이는 쥬시의 말에 강혁은 눈을 끔뻑이며 그녀를 응시했다.

"그게… 아까 보니까 창을 들고 계셔서요. 장비도 전형적인 전사들의 장비인 것 같고……."

좀 더 자세히 봤다면 갑옷 아래의 복장이 그들과는 다른 양식의 옷이라는 것을 알 수 있었겠지만 망토 탓에 각반과 벗어둔 완갑 정도만 알아챈 모양이었다.

'대강 전사 직업군은 이런 복장을 하는 모양이군.'

새로운 정보를 습득한 강혁은 적당히 고개를 끄덕이며 답했다.

"뭐, 그렇죠."

실제로는 이제 막 이 세계에 진입했을 뿐이고, 직업은커녕 마을조차 구경해보지 못한 초짜였지만 강혁은 당당하게 사기를 쳤다.

그런 강혁의 말에서 어떠한 진실성이라도 보았던 걸까?

쥬시는 돌연 커다란 눈망울을 반짝이며 말했다.

"와아! 그럼 10레벨은 넘기셨겠네요? 지금 몇 레벨이세요? 저희는 둘 다 13레벨이에요!"

"어, 그게…."

"저희보다 높나요? 에이~ 낮아도 괜찮아요. 어차피

10~15레벨까지는 거기서 거기잖아요?"

말할 틈도 없이 몰아붙이는 쥬시의 공세에 강혁은 말문이 막히고 말았다.

애초에 방금 전까지 일말의 경계를 남겨둔 대면 대면한 분위기였는데 갑자기 사해의 동포라도 만난 것처럼 친근하게 굴어서야 적응을 하기가 어려운 것이다.

바로 그때였다.

"적당히 해! 이 멍청아!"

"아욱! 왜 때려!?"

홀트가 쥬시의 머리로 꿀밤을 먹이며 제지했다.

빽 소리를 지르며 쏘아붙이는 쥬시의 반응에 홀트는 한숨을 내쉬며 강혁에게 말했다.

"죄송합니다. 이 녀석이 좀 사람을 대하는데 거리낌이 없는 성격이라서요."

"뭐, 괜찮습니다."

마치 구세주를 만난 것 같은 기분에 강혁은 얼른 고개를 끄덕여 말을 받았다.

"왜? 내가 뭐!?"

"아 좀…."

잔뜩 뿔이 난 쥬시의 외침이 있었지만 홀트는 그저 피곤한 얼굴로 이마를 짚을 뿐이었다.

❖

길었던 빗줄기는 장장 2시간이 지나서야 비로소 그 끝을 내주었다.

짧지는 않았던 시간인 만큼 홀트 쥬시와는 꽤나 많은 이야기를 나눌 수 있었다.

시간을 보내기 위한 사담을 가장해서 알지 못하는 세상에 대한 많은 정보들을 습득할 수 있었던 것이다.

"그러니까 너희들은 알카린이라는 열매를 찾기 위해서 산을 올랐다는 거지?"

"맞아요. 그건 겨울에만 열리는 무척이나 희귀한 열매거든요."

"그래서 잘만 팔면 큰돈이 된다구요!"

홀트의 대답과 쥬시의 장담에 강혁은 고개를 끄덕였다.

이야기를 하는 동안 자연스레 나이가 밝혀진 뒤로는 서로 편하게 말을 하기로 했는데, 둘 다 19살 동갑내기로 강혁보다는 연하라 말을 놓기로 했다.

'알카린이라….'

미적지근한 반응에 뭔가 더 설명을 하려는 쥬시의 말을 뒤로 하고 강혁은 턱을 매만지며 생각에 잠겼다.

홀트의 설명에 의하면 알카린이라는 열매는 아마도 마술사라는 족속들에 의해 주로 구매되는 듯 했는데, 마법의 연구에 쓰인다고 했다.

알카린은 그 내부에 강력한 마력의 씨앗을 머금고 있는 열매였으며, 마나를 먹고 자라나기에 어디에서 생성될지 알 수가 없다.

아직도 생태학자들은 알카린이 마나를 먹고 자란다는 것 외에는 어떤 것도 밝혀내지 못했기 때문에 발견된 장소가 나타나면 해당 구간을 서식지로 편성하고 드물게 건질 뿐이었다.

바로 그것이 알카린이 귀하며 비싸게 취급받는 이유인 것이다.

'중요한 건 그게 아니지만.'

굳이 알카린 열매를 가지고 예를 들긴 했지만 강혁이 건질 수 있었던 진정한 이득은 사실 이곳의 세계관을 알 수 있게 되었다는 점이었다.

레벨 시스템이 있다는 점에서 강혁은 홀트와 쥬시 역시도 같은 플레이어일 것이라고 생각했지만 두 사람은 그것과는 좀 다른 경우였다.

그들은 이곳 미스트 대륙에서 태어난 원주민이었으며, 이곳 세계 자체가 레벨이라는 정의가 허용되는 신기한 세상이었던 것이다.

즉, 게임 속의 세계처럼 이곳에서는 누가 되었든 그에 해당하는 경험을 쌓고 위험을 감수하면 경험치를 쌓아 레벨 업을 할 수가 있었다.

이곳 세계관의 기준에 의하면 10레벨 이상이 되면 '알선소'

라는 곳에 가서 자신의 적성에 맞는 직업을 받을 수 있다고 하는데, 두 사람의 경우는 그곳에서 '사냥꾼'과 '치유사'라는 직업을 얻었다고 한다.

홀트가 사냥꾼이고, 쥬시가 치유사였다.

직업을 습득하는 것과 동시에 해당 직업에 해당하는 스텟 조정 및 특수 스텟을 갖게 되고 주력 스킬이 한 가지 생기게 된다.

그렇게 15레벨이 되면 한 가지의 스킬을 더 습득할 수 있게 되고 그런 식으로 30레벨을 달성하면 비로소 승급이라는 것을 할 수 있게 되는 모양이었다.

'아마 저들의 입장에서 보자면 나와 같은 존재들은 비합리의 극치를 달린다고 해도 과언이 아니겠지.'

직업을 얻어야지만 겨우 스킬 하나를 얻게 되는 원주민들과는 달리 플레이어들은 본래부터 최소 한 개 이상의 스킬을 지니고 있을 테고, 그 중 일부는 몇 개나 되는 스킬을 습득하고 있을지 알 수 없는 문제였으니까 말이다.

'나만 해도 이미 스킬이 6개인가?'

거기에 스킬 융합으로 나타나는 복합 스킬들까지 포함하면 8개나 되었다.

아직 레벨은 겨우 5에 불과한데 말이다.

두 사람에게는 14레벨 정도인 것으로 말해두긴 했지만 생각을 하면 할수록 어이가 없는 차이였다.

'어이가 없는 점은 마법의 부재도 크지.'

알카린 열매가 비싸게 취급받는 이유.

그것은 이 세상에 마법사라는 존재가 없기 때문이었다.

이곳에는 오로지 마술사라는 직업군만이 존재할 뿐이었으며, 그들은 대게 특정 매개체나 마석 따위를 이용해 이능을 발휘하는 존재로 인식되어 있었다.

다만 그 이능은 사용하기에 따라서 대량살상을 목표로 할 수 있는 역할을 맡을 수 있었으며, 그로 인해 귀하게 취급받는 것이다.

좀 더 쉽게 풀어서 말하자면 마술사의 직업을 얻은 대부분의 이들은 공무원과도 같은 삶을 살아간다고 보면 되었다.

마술사 직업을 얻게 되었다는 것이 알려지자마자 여기저기에 러브콜이 들어오며 귀족가의 세력 같은 곳에 몸을 담고 난 뒤에는 끝없이 연구를 하며 지낸다.

겉핥기만을 흉내 내는 '마술' 과는 달리 오래 전 실전된 '마법' 은 그 강력함이 타의추종을 불허한다고 알려져 있었으며, 귀족들은 스스로의 세력이 지닌 강함을 위해서라도 '마법 연구' 에 투자할 수밖에 없는 것이다.

실제로 7년 전쯤에 일어났던 어느 영지전에서는 분명 전체적인 힘의 차이가 열세에 있는데도 불구하고 연구를 끝마친 마법의 발현을 통해 승부를 뒤집었다는 결과물도 있었다.

'하여간 희한한 세계라니까.'

레벨 업이 존재하고, 직업군도 존재하며, 승급 시스템까지 있는 주제에 정작 마법은 전설속의 이야기나 같은 취급이라니 웃기지 않은가.

'뭐, 내가 상관할 바는 아니지만.'

강혁은 짧은 사색에서 깨어나며 옷차림을 다시 추스르고 장착된 갑옷의 잠금을 다시금 조였다.

슬슬 비도 그쳤고 정보도 충분히 습득한 것 같으니 동굴을 뜨려고 하는 것이다.

강혁은 이대로 근처에 있다는 세피림이라는 이름의 마을로 향할 셈이었다.

홀트와 쥬시 역시도 비가 내린 직후의 산은 위험하다는 판단으로 돌아갈 셈이라고 하니 길잡이에 대해서는 걱정을 하지 않아도 될 터.

'의뢰의 장이라고 했었지.'

이곳의 세계관에는 모험가라는 타이틀을 받은 사람들이 모이는 일종의 연합 같은 것이 있었는데, 그를 통해 '모험가 카드'를 받으면 '의뢰의 장'이라는 곳에서 의뢰를 받을 수 있게 된다고 했다.

의뢰는 난이도에 따라 마을 근처의 몬스터를 사냥해 달라든가 상행의 경호 임무 따위의 간단한 것부터 다른 세계로 건너가 강력한 몬스터나 악마와 싸워야하는 하드한 것들까지 있었다.

애초에 다른 세계로 잠시나마 건너간다는 것부터가 이미

비현실적인 이야기라고 봐도 무방하건만 이곳 세계의 사람들은 그런 것 따위는 당연한 이치라고 생각하는 듯 했다.

하긴, 차원 너머의 의뢰를 수행하는 이들은 최소 A랭크 이상의 모험가 타이틀을 지닌 극소수에 불과했다.

'그래서 더 현실감이 없는 걸지도.'

강혁은 고개를 절레절레 흔들며 동굴 밖을 나섰다.

"얼른 나와요. 일단 마을로 가서 이야기를 더 해보자구욧!"

"넌 좀 그만 말해라 제발."

밖으로 나서자마자 들려오는 재촉의 말과 한숨의 말.

사실 쥬시는 아까 전부터 계속해서 강혁을 영입하기 위해 애를 쓰는 중이었다.

적당하게 14레벨의 창술사 정도로 직업을 둘러대었더니 자신들과 함께 파티를 꾸리지 않겠냐며 계속해서 제안을 걸어왔던 것이다.

알고 보니 사냥꾼과 치유사 두 명의 파티로써는 여러 가지로 모험에 제약을 받는 경우가 많았으며, 본래 있던 동료는 다른 파티에 스카웃을 받아 홀랑 떠나버린 모양이었다.

"왜? 내가 뭘? 어차피 우리 전사가 필요하잖아!"

"그건… 그렇지만……."

막무가내인 쥬시의 일갈에 홀트는 강혁에 대한 미안함을 느끼면서도 쉽사리 선을 긋지는 못하는 모습이었다.

결국 참다못한 강혁이 말했다.

"일단은 마을로 가서 이야기할까?"

"어? 진짜죠? 꼭 이야기 하는 거예요!?"

"…그래."

눈망울을 빛내며 하는 쥬시의 말에 강혁은 한숨과 함께 고개를 끄덕였다.

"으으… 미안해요."

홀트는 몰래 곁으로 다가와 사과의 말을 하면서도 묘하게 기대를 품은 것 같은 표정이었다. 그 역시도 사냥꾼 치유사 두 명의 파티로는 무리가 있다고 줄곧 생각했던 모양이었다.

대강 그런 이야기들을 나누며 세 사람은 빗물에 지워져 희미해진 길목을 따라 마을로 향했다.

홀트의 말에 의하면 마을은 쉬지 않고 걸을 경우 1시간 반 정도면 닿을 거리에 있다고 했으니 이대로 걸으면 느긋하게 움직여도 밤이 되기 전까지는 마을에 도달할 수 있을 터.

덕분에 강혁은 다소 편한 마음으로 걸음을 옮기고 있었다.

모험가라는 타이틀이 부족하지 않게 홀트와 쥬시는 다양한 모험가 용품들을 소지하고 있었으며, 간편 식량들까지 있었기 때문에 여러 가지로 욕구들을 충족할 수 있었던 것이다.

돈 따위가 있을 리는 없으니 강혁은 이대로 마을로 도착하면 적당히 두 사람과 헤어지고 곧장 모험가 카드를 발급받아 의뢰의 장에서 바로 임무를 받을 생각이었다.

어차피 미스트의 세계로 건너온 이유가 다 현실 세계에서 체재하는 시간을 늘리기 위해서가 아니겠는가.

세부적으로 파고들자면 새로운 세계에 대한 적응의 문제라던가 수련적인 의미도 포함되어 있었지만 근본적인 이유는 역시나 전자에 가까웠다.

'그것과는 별개의 의미로 이 세계에는 흥미가 좀 생기긴 하지만 말이지.'

아마도 이 세계는 강혁이 지금껏 겪어왔던 시스템의 쪽과 어느 정도의 공유 체제를 유지하고 있는 듯 하지만 분위기로 보나 세계관으로 보나 별개의 세계임을 짐작할 수 있었다.

지금껏 보아왔던 음울하고 끔찍하기만 했던 공간들의 모습과는 달리 이곳의 분위기는 평범한 판타지 세계와도 같은 모습이니까 말이다.

'어쩌면 이곳 어딘가에는 시스템에 닿을 수 있는 비밀이 숨겨져 있을지도 모르지.'

아니, 분명히 그럴 것이었다.

그 극악한 시스템이 무려 격의 상승 뒤에 이어준 세계가 이전의 것들보다 만만할 리가 없지 않은가.

'보이는 게 전부는 아니니까.'

강혁은 일순 늘어뜨렸던 긴장을 다시금 끌어 올렸다.

그렇게 새롭게 마음을 다 잡으며 걸은 지도 거진 1시간 정도가 지났을 때였다.

"!"

세 사람은 일제히 발걸음을 멈춰 세웠다.

근처에서 병장기 소리가 들려왔기 때문이었다.

"가보죠."

홀트의 제안에 강혁은 어깨에 기대고 있던 창을 돌려 지면으로 길게 늘어뜨리며 앞장섰다.

'심정적인 기분으로는 별로 트러블 따위에 매이고 싶은 기분은 아니지만.'

현 시점으로는 파티의 리더라고도 할 수 있는 홀트의 결정이니 따르는 것이 가장 현명한 선택이었다.

괜히 말다툼 같은 것을 하다가 시간이 끌리면 이도저도 안 되는 결과를 맞고 말테니까 말이다.

파사삭—

수풀을 가르며 소리의 진원으로 들어서자 검, 도끼, 활 등등 다양한 무기를 들고 3미터 거체의 괴수와 싸우고 있는 이들이 보였다.

빨강, 파랑, 보라색의 현란한 머리칼의 색깔들만 봐도 원주민으로 추정되는 네 명의 파티.

돌아가는 상황으로 보아 네 사람은 홀트와 비슷한 이유던가 혹은 다른 이유로 인해 산을 올랐고 저 괴수와 조우해 위기에 처한 모양이었다.

'벌써 한 명은 당한 것 같고 말이지.'

본래 메이스와 방패를 다루는 전사였던 것처럼 보이는

회색 머리칼의 남자는 깨어진 방패조각과 함께 피를 흘리며 쓰러져 있었다.

"칼슨!"

"음? 아는 녀석이냐?"

"아까 말했던 이전의 동료가 바로 저 녀석이에요."

홀트를 향해 묻는 질문에 쥬시가 대신 대답을 했다.

강혁은 고개를 끄덕이며 다시 홀트를 응시했다.

"어쩔 거지? 도울 건가?"

질문과 함께 강혁은 창대를 움켜쥔 손에 힘을 더했다.

여차하면 난입을 해야만 할 테니까.

"말도 안 돼…."

하지만 홀트의 입에서 나온 말은 예상치 못한 종류의 것이었다.

홀트가 재차 말을 이었다.

"카록은 위험도 A-등급의 마수예요. 절대로 이 근처에서 나타날 리가 없는데……."

말을 잇는 홀트의 눈에는 당혹감과 두려움이 섞여들어 있었다. 힐끗 시선을 돌려보자 쥬시 역시도 괴수의 정체에 대해서 깨닫고는 표정을 굳히고 있는 게 보인다.

'쯧, 이러니저러니 해도 역시 애는 애인가?'

강혁은 낮게 혀를 차며 한탄을 머금다가 이내 홀트의 어깨를 잡고 흔들었다.

"정신차려! 그리고 확실히 결정해. 도울 거야? 아니면 도망갈 거야? 도망가는 게 나쁜 선택은 아냐. 괜히 위험을 감수하는 것보다는 달아나서 저 괴수의 출연을 알리는 편이 더 이득일 테니까."

"저, 저는…."

쉽사리 결정하지 못하는 홀트의 반응에 강혁은 다시금 쏘아붙였다.

"빨리 선택해. 어느 쪽을 택해도 나는 그걸 따를 테니까."

"저는…."

홀트는 한층 더 심각해진 얼굴로 계속해서 입술을 달싹거렸다. 그리고 마침내 결심을 내린 홀트가 말했다.

"저는 돕기를 원해요!"

"좋아. 그럼 돌입하자고. 쥬시, 너는 얼른 저기로 가서 부상자부터 치료해."

"알겠어요!"

갑작스런 지시에도 쥬시는 빠르게 반응하며 옛 동료에게로 뛰어갔다. 그런 그녀의 모습을 일별한 강혁은 자세를 낮추며 홀트에게로 말했다.

"석궁은 잘 쏘는 편이야?"

"예? 아… 넵, 20미터 안쪽이라면 백발백중을 할 자신도 있어요."

"좋아. 그럼 엄호를 부탁할게. 시기는 내가 돌입하고 나서 10초 뒤다."

"네? 그게 무슨… 아앗!"

강혁은 홀트의 대답을 듣지도 않고서 곧장 지면을 박찼다.

세 명만으로도 잘 버티고 있긴 했지만 슬슬 한계처럼 보였기 때문이었다.

'그러고 보면 여기 와서 이게 첫 번째 전투로군.'

강혁은 이마에 뿔이 박혀있는 괴수의 모습을 응시하며 속도를 높였다.

언뜻 보아서는 호랑이와 곰의 특성을 적절히 섞어놓은 것처럼도 보이는 괴수.

괴수는 핏빛을 머금은 적안을 흉포하게 빛내고 있었으며, 크고 날카로운 손톱으로는 잔혹하게 남은 일행들을 몰아붙이고 있었다.

결코 만만하게 보이지는 않는 모습.

하지만 어째서일까?

'…질 것 같지가 않아.'

강혁은 마치 확신과도 같은 기분을 느꼈다.

그리고 3미터 안쪽까지 거리가 가까워지는 순간!

"타하앗!"

강혁은 기합과 함께 날아올라 버티고 있던 무리들의 머리마저 뛰어넘어 쇄도했다.

톱스타의 킬링 필드

Hell is coming

chapter 5. 첫 번째 의뢰

Hell is coming

chapter 5. 첫 번째 의뢰

크래시 모험단의 리더인 레온은 최근 기분이 좋았다.

2년 째 C랭크에 머물러 있던 팀 등급이 마침내 B랭크가 되었으며, 근래에 제법 큰 건의 의뢰를 성공적으로 수행함으로 인해서 돈도 두둑하게 챙길 수 있었던 것이다.

거기에 눈독을 들이고 있던 타 모험단의 방어 전사를 순조롭게 영입할 수 있었다.

본래부터 2전사 1궁수의 균형 있는 조합에 중심을 잡아줄 방어 전사까지 생겼으니 이제 남은 것은 더 높은 곳을 향해 올라가는 것뿐이라고 생각했던 것이다.

마치 도와주기라도 하는 것처럼 때마침 도전하기 괜찮은 의뢰도 발견했다.

의뢰의 내용은 마을 근처에 있는 강가에서 벌어지는 실종 사건의 원인을 밝혀내고 할 수 있다면 그것을 제거하라는 것.

카테고리가 정찰에 가까운 의뢰이기 때문에 원인을 밝히는 것만으로도 제법 쏠쏠한 모험 포인트와 보상금을 챙길 수 있었으며, 그 원인을 해결하기까지 한다면 B등급 모험단으로써 인정 역시 받을 수 있게 되는 것이다.

의뢰의 장에서 주어지는 임무들은 해당 모험단의 등급에 맞게 주어지게 되며 때문에 모험단들은 승급을 할 때마다 별도의 증명을 해야만 했다.

해당하는 등급의 임무를 맡아서 훌륭히 성공을 해야만 하는 것이다.

만약 승급한지 한 달이 지나도록 의뢰 수행이 없거나 연달아 3번 의뢰를 실패할 경우에는 다시 본래의 등급으로 강등이 되기까지 하니 승급 이후 첫 번째로 맞는 임무는 그 중요도가 큰 편이었다.

'그래서 그렇게나 재고 쟀던 건데……'

다소 위험도가 있는 의뢰들은 철저히 넘기고 마침내 찾아낸 임무가 이번의 의뢰였다.

로우리스크 로우리턴에 잘만하면 하이리턴조차 노릴 수 있는 꿀 의뢰가 아니었던가.

'그런데 어째서……!'

레온은 참혹한 표정을 지우지 못한 채 이를 악물었다.

마을 나와 강가로 들어선지 얼마 되지 않아 나타난 괴물.

숲을 헤치며 다가서는 제법 커다란 기척에 일행들은 자신감이 넘치는 표정으로 전투 준비를 했었다.

무엇이 나오든 이런 마을 근처에서 나오는 몬스터라면 충분히 해결할 수 있으리라 생각했었으니까.

하지만 마침내 모습을 드러낸 괴수는 레온을 비롯한 일행이 품고 있던 오만을 깡그리 짓밟았고 든든한 벽과도 같던 방어 전사를 단숨에 박살내버렸다.

'이름이 칼슨이라고 했던가?'

이를 악물고 바스타드 소드를 휘둘러가며 레온은 피투성이가 되어 쓰러져 있는 방어 전사의 모습을 의식했다.

본래 몸을 담고 있던 팀에 미안함을 느끼면서도 막상 레온의 앞에서는 A등급 모험가가 되겠다는 야망을 드러내며 호기롭게 외쳐대던 제법 괜찮은 녀석이었다.

'저 자식도 어지간히 재수가 없군. 우리도 마찬가지고.'

레온은 어느새 거칠어진 호흡을 의식하고는 빠르게 좌우를 살폈다.

자그마치 5년이나 동고동락 해왔던 만큼 자신의 검술에 맞추어 기가 막히게 배틀 엑스를 휘둘러 압박을 넣는 잭스와 쉼 없이 자리를 바꾸어가며 화살을 쏘아 엄호하고 있는 여자 친구 일레나의 모습이 보인다.

'젠장.'

레온은 욕설을 머금었다.

순식간에 동료 한 명이 당했음에도 불구하고 재빨리 대응하여 몰아붙이고 있긴 했지만 희망이 보이질 않았던 것이다.

거의 가족이나 마찬가지로 함께 부벼왔는데 표정만 봐도 어찌 모를 수가 있겠는가.

'여기서 끝인가.'

잭스도 일레나도,

그저 버티고만 있을 뿐이었다.

레온이 그렇듯이 두 사람 역시도 최후를 예감한 듯한 표정이었던 것이다.

자신과 마찬가지로 말이다.

이내 레온은 실소를 머금었다.

예전부터 죽이 잘 맞는 녀석들이라고 생각하긴 했지만 이런 순간까지도 생각하는 게 같다니…….

'그렇단 말이지. 후후, 그래. 어차피 죽는 거라면……!'

"그렇다면 그냥 죽어줄 수는 없잖아!"

레온은 먼저 호기롭게 외치며 날아드는 카록의 손톱을 있는 힘껏 쳐냈다.

"하하, 좋지!"

"차라리 저 새낄 여기서 죽여버리자고!"

레온의 호기에 잭스와 일레나도 함께 호응하며 속도를 높인다. 마치 한 마음과도 같은 두 사람의 반응에 레온은 미소를 머금었다.

'정말로… 모험가다운 최후네.'

레온은 죽음을 각오했다.

그리고는 목숨조차 도외시하고 자신의 모든 것을 담은 일격을 박아 넣기 위해 막 지면을 박차려는 순간이었다.

"이런 실례."

반응을 하기도 전에 빠르게 다가들어 머리 위를 지나치는 기척.

속삭이듯 전해진 목소리와 함께 한 줄기 바람이라도 된 것처럼 허공을 가르며 카록에게 쏘아져 들어가는 인영의 모습이 동공 가득 차올랐다.

콰아앙–

뒤이어 울리는 굉음을 듣고 나서야 레온은 멈춘 것과도 같은 시간의 편린에서 헤어 나올 수 있었다.

"말도 안 돼…!"

있는 힘껏 움켜쥐고 있던 도끼마저 늘어뜨린 채로 중얼거리는 잭스.

평소라면 정신을 차리라며 핀잔이라도 주었을 터였지만 이번만큼은 레온도 아무런 말을 할 수가 없었다.

"츄라아아아–!"

그 토록이나 크고 강해보였던 카록의 몸체가 갑자기 나타난 사내의 창격 한방에 비명을 지르며 튕겨져 날아갔기 때문이었다.

"츄크라아—!"

카록은 서너 개의 나무를 박살낸 후 넘어져 허우적대다 가 재빨리 일어서며 분노에 찬 괴성을 터뜨렸다.

듣는 것만으로도 모공이 바짝 설만큼 섬뜩한 괴성.

하지만 강혁은 아랑곳하지 않고 만족에 찬 미소를 머금 었다.

'창격에 충격파를 더하는 방식은 제법 쓸 만하군.'

방금 전 카록을 날려버린 기술은 창격이 뻗어져 나가는 경로에 싸이코키네시스의 효과 중 하나인 충격파를 더한 결과물이었다.

염동력은 단순한 발산을 통한 충격파로써 사용할 수도 있었지만 그것을 일정 범위에 한정시키게 될 경우 더 큰 효 과를 거둘 수 있게 되는 것이다.

이미 뻗어져 나가려는 에너지의 방향 그 자체에다가 충 격파를 실은 것이기에 강혁의 첫 번째 공격은 훌륭한 파쇄 기가 되어 카록의 거체를 튕겨낼 수 있었다.

"자, 그럼⋯ 이 다음인데⋯⋯."

강혁은 둔탁한 발걸음을 옮기며 다가서는 카록의 모습을 응시하며 창날을 늘어뜨렸다.

'시험해볼 건 아직 많다만⋯⋯.'

등 뒤로 와닿는 시선들의 기척만 봐도 밑천을 다 내보일

만한 상황은 아니었다.

당장 홀트의 표정만 봐도 이미 반쯤은 넋이 나간 것 같은 모습을 하고 있으니…….

'뭐, 이번에는 이 정도만으로도 충분할 것 같으니까.'

방금의 교환만으로도 강혁은 카록이라는 괴수가 지닌 힘과 속도가 어느 정도나 되는지 충분히 가늠할 수 있었다.

그렇게 도출해낸 결론은 '해 볼만 하다.' 라는 것이었다.

'힘도 속도도 그다지 밀리는 느낌은 없었으니까 말이지.'

그만큼이나 현재 강혁이 지니고 있는 스텟의 수치가 높다는 뜻이리라.

어느새 3미터 안쪽까지 다가든 카록의 모습에 강혁은 언제든 쏘아져 들어갈 수 있도록 자세를 낮추었다. 그리고는 늘어뜨리고 있던 창날을 끌어올려 전방을 향하며 외치는 것이다.

"홀트!"

"아, 네, 넵!"

"이 녀석의 약점 같은 건 없어?"

분노해 달려드는 카록의 모습은 덤프트럭이 덮쳐드는 것만큼이나 위협적이었다.

카아앙!

하지만 강혁은 오히려 전방을 향해 돌진하며 창날을 뻗어냈다. 매섭게 날아들던 손톱이 창날에 부딪혀 커다란 굉음과 함께 비스듬히 튕겨 내진다.

뒤이어 날아드는 손톱마저 창대를 휘저어 흘려낸 강혁은 물흐르 듯이 발걸음을 내딛어 카룩의 옆구리 쪽으로 파고들며 다시금 외쳤다.

"약점 같은 건 없냐고!"

강혁은 뭔가 말하려다 말고 다시 넋이 나간 표정으로 이쪽을 주시하고 있는 홀트에게 재차 외쳤다.

사실 지금 이대로 싸운다고 해도 질 것 같진 않았지만 그래도 기왕이면 빠르게 마무리를 하는 편이 좋지 않겠는가.

"죄송해요! 놈의 약점은 입 안이에요. 겉표면의 피부층은 단단하지만 내부는 그렇지 않기 때문에 입안을 통해 피해를 입혀야 한다고 알고 있어요!"

"오케이!"

강혁은 고개를 끄덕이며 훤히 드러난 카룩의 옆구리로 창날을 비스듬히 그어내렸다.

카가가각-

창날이 비늘과도 같은 피부층을 스치며 불꽃이 튀었다.

그래도 시험 삼아 공격을 박아 넣긴 해본 건데 역시나 일반적인 공격은 먹혀들지 않았던 것이다.

'근데 진짜 이놈의 세상은 무기가 온전히 박혀드는 놈들이 없군 그래.'

하긴 초기의 살인마들부터가 '죽지 않음'이라는 사기적인 스펙을 지니고 있으니 더 말할 필요가 있을까.

'어쨌든 입안이란 말이지. 어렵진 않겠어.'

강혁은 괴성과 함께 자신의 옆구리를 후려치는 카록의 공격범위로부터 유유히 벗어나 다시금 돌진의 자세를 갖추었다.

"츄카아아아~!"

카록은 빗나간 공격에 더욱더 흥분하며 포효를 터뜨렸다.

돌아선 방향에 돌진의 자세를 취하고 있는 강혁의 모습에 카록은 두 팔을 크게 벌리며 몸을 크게 부풀렸다.

마치 위협이라도 하는 듯한 몸짓.

하지만 상대는 강혁이었다.

'겁에 질린 개일수록 더 크게 짖는 법이지.'

강혁은 오히려 더 강하게 기세를 끌어올리며 즉각 쇄도했다. 빠르게 좁혀지는 거리에 카록이 좌우로 벌렸던 두 팔을 거칠게 휘둘러낸다.

콰드드득—

크고 날카로운 손톱을 위시한 오른팔이 마치 포크레인처럼 지면을 박살내며 퍼올렸다.

그러나 강혁은 파편의 어디에도 존재하고 있지 않았다.

처음부터 오른팔과 가까운 방향은 끌어내기 위해 일부로 들어선 속임수와도 같은 경로였기 때문이었다.

들어서는 몸짓만으로 카록의 오른팔을 끌어낸 강혁은 그 반대의 방향을 통해 깊숙이 파고들고 있었다.

"츄라라라-!"

콰앙-

위협적으로 다가드는 돌진에 당황하며 왼 손톱을 휘둘러 내려던 카록이었지만 안타깝게도 그것은 단지 바람으로 끝나고 말았다.

뻗어진 팔이 되돌려지기도 전에 무형이 힘이 터지며 튕겨내 버렸기 때문이었다.

'좋군!'

덕분에 카록의 왼쪽 상체와 겨드랑이 일부는 너무나도 훤히 드러난 상태였다.

약점인 입안으로 향하는 경로마저도 말이다.

카록은 당황하고 분노하여 연신 괴성을 질러대고 있었다.

표적으로 삼기에는 충분하다 못해 넘쳐흐를 만큼 커다란 구멍이었다.

"끝이다!"

강혁은 기합과 함께 지면을 박차며 튀어올랐다.

그리고는 한껏 끌어당기고 있던 창을 탄환처럼 뻗어내는 것이다.

슈카아악-

뻗어진 창날은 바람을 가르며 섬전처럼 뻗어져 나가 카록의 입속으로 파고들었다.

미처 대응할 틈도 없이 박혀드는 일격.

그것만으로도 카록에게 타격을 주기에는 충분했지만 강혁이 준비한 공격은 그게 끝이 아니었다.

'나선력!'

손끝을 타고 흘러들어가는 힘의 방향을 느끼며 강혁은 손목을 꺾어 창날에 회전을 더했다. 그와 동시에 발현한 스킬의 힘이 뻗어나간 창날의 방향을 타고 매섭게 쏘아진다.

투콰카카카—

힘의 흐름이 드릴과도 같은 형태로 뻗어져 나가는 것이다.

발현된 나선력의 힘은 카록의 입안에서 그대로 뻗어져나가 범위에 닿는 모든 것들을 찢어발겼다.

단순히 입안을 헤집는데서 그치는 것이 아니라 창끝이 아슬아슬하게나마 꿰뚫고 들어간 두개골 안쪽의 영역까지 파괴해낸 것이다.

후두두둑—

벌어진 입사이로 대량의 핏물이 흘러내렸다.

"츄크그그그…!"

입안은 물론 뇌조직까지 단숨에 곤죽으로 만들어내는 일격에 카록은 몸을 부들부들 떨며 고통에 찬 신음을 터뜨렸다.

그러나 그것도 잠시.

곧 신음이 잦아들고 떨리던 신체마저 굳은 듯 멈추었다.

"후우…."

강혁은 호흡을 고르며 카록의 입속 깊숙이 박아 넣었던 창날을 뽑아냈다.

촤아악-

창날 가득 묻어난 끈적한 핏물들을 털어내며 물러나자 굳은 채로 서있던 카록의 거체가 흔들리듯 균형을 잃고는 허물어져 내렸다.

쿠우웅-

대지를 울리는 듯한 굉음이 숲속 가득 울려 퍼졌다.

"아…."

"맙소사…!"

자리에 있던 누구도 쉽사리 말을 잇지 못했다.

❖

"마셔라!"

"오올~ 쏘는 건가!?"

"그럴 리가 있겠나. 당연히 더치페이다! 우하하하!"

"그러면 호탕한 척 떠들어대지 말라고!"

저물어가는 하늘을 맞아 주점에는 오늘도 사람들이 모여 들고 있었다.

대게는 추운 겨울을 피해 잠시 의뢰를 접고 빈둥거리기 위해 모여드는 모험가들의 무리.

어차피 매일 보는 얼굴들끼리 겨울 내내 모여들어봤자

별다른 할 말이 있을 리는 없었지만 각자가 지닌 모험담을 늘어놓는 것만으로도 주점의 분위기는 항상 시끌벅적했다.

딱 한군데만 제외하고 말이다.

"……."

"……."

화기애애한 분위기들 속에서 홀로 침묵을 곱씹고 있는 파티가 있었다.

원형 테이블을 중심으로 빙 둘러 앉은 다섯 사람은 무슨 생각들을 하는지 표정을 굳힌 채로 쉽사리 입을 열지 못하는 모습이었다.

다른 듯 하면서도 비슷한 모습을 한 전형적인 모험가들의 모습.

"어….."

그들 중 누군가 먼저 입을 열었지만 모두의 시선이 일제히 향하자 찔끔 다시 입을 닫고 말았다.

그 한심한 모습에 누군가는 한숨을 내쉬고 누군가는 미간을 찌푸리기도 했지만 정작 그들 중에도 입을 여는 이는 없었다.

그리고 그렇게 또 침묵을 곱씹다보면 시선이 한쪽으로 향하는 것이다.

자세히 보면 다른 네 명과 묘하게 거리를 띄운 채로 앉아 있는 사내.

그는 정확히 네 사람을 가르는 중심 석에 위치하고 있었다.

팔짱을 낀 채 눈을 감은 사내의 모습에 모두 눈치만 살피고 있었다.

"에이씨!"

결국 참지 못한 누군가가 앞에 놓여있던 잔을 거칠게 들어 올려 살얼음이 뜬 흑맥주를 목구멍 가득 들이켰다.

그 차가움이 조금은 정신을 차리게 해준 탓일까.

각진 턱을 지닌 사내, 레온이 먼저 입을 열었다.

"언제까지 이러고 있을 수는 없으니 이야기나 해보죠. 우선은 구해주셔서 감사드립니다!"

레온은 벌떡 일어나 90도로 허리를 굽히며 인사했다.

그러자 어영부영 일어서며 비슷한 자세로 허리를 굽히는 사내들.

그들의 반대편에 앉은 남녀는 어찌해야 될지 모르겠다는 표정으로 이러지도 저러지도 못한 채 눈치만 보는 모습이었다.

"별 거 아니었습니다."

"아…."

마침내 눈을 뜬 사내의 말에 턱수염이 인상적인 거한이 어울리지도 않게 소심한 탄성을 머금는다.

그의 이름은 월터.

크래시 모험단의 일원이자 레온의 절친이기도 한 사내였다.

그를 보며 강혁은 짐짓 웃어 보이며 말했다.

"정말로 별 거 아니었으니까요."

현재 테이블을 중심으로 모인 인물들.

이들은 다름 아닌 강혁과 홀트 파티, 그리고 레온을 비롯한 크래시 모험단의 파티였다.

크래시 모험단의 경우 두 명이 자리를 비우긴 했지만 한 명은 부상자고 한 명은 간호하기 위해 붙어있다는 점에서 실질적인 대표자는 다 나왔다고 봐도 무방하리라.

"흐음…."

강혁은 힐끔 시선을 돌려 철저하게 그 색채가 나누어진 두 그룹을 살폈다.

'하긴 어색하긴 하겠다.'

홀트의 입장에서 보자면 크래시 모험단은 잘 지내고 있던 파티의 주력 파티원을 빼간 이들이었다.

겉치레라도 좋은 반응을 보이긴 힘들리라.

하지만, 아이러니하게도 그들의 구원에는 홀트의 지분 역시도 존재했다.

부상 상태이긴 하지만 옛 동료인 칼슨을 구한 것은 결국 쥬시의 치료술 스킬이었으며, 강혁의 활약에 치여 눈에 뜨이지는 않았지만 홀트 역시도 나름의 활약은 보여주었던 것이다.

카록이 죽었다는 사실 때문인지 강가의 주변에는 마치 밀물이 밀려드는 것처럼 갑자기 몬스터들이 출몰하기 시작했는데 홀트는 돌아오는 동안 스스로 장담한 것처럼 백발

백중의 실력을 보여주며 레온들의 등을 몇 번이나 지켜주었다.

레온들 역시도 그러한 사실을 분명히 알고 있었다.

그럼에도 굳이 강혁에게만 사의를 표하는 것은 분명 그들만의 자존심이리라.

'하지만 계속 이렇게 어색한 분위기로 둘 수는 없으니까.'

생각을 정리한 강혁이 말했다.

"인사는 여기 홀트에게 하세요. 홀트가 도와주자고 하지 않았다면 저는 딱히 나서지 않았을 테니까요."

"그건…."

돌직구로 파고드는 강혁의 말에 레온은 일순 당황한 표정이었다. 그렇게 몇 초가 지났을까. 레온은 결국은 한숨을 내쉬고는 홀트에게 가볍게나마 고개를 숙여보였다.

"…고맙다."

"천만해요."

그 말을 끝으로 두 사람은 깔끔하게 서로를 향하던 시선을 거두었다. 그러자 웬일인지 입을 닫은 채로 잠자코 있던 쥬시가 돌연 나서며 말했다.

"자, 그럼 이제 쓸데없는 시간 낭비는 말고 본론으로 들어가죠? 분배는 어떻게 하실 거예요?"

"분배는… 당연히 이 분……."

"강혁입니다."

"강혁님께 모두 드릴 거다. 다만 저희도 고생한 것은 있으니 카록의 사체를 처리한 금액은 절반만큼 챙기겠습니다."

레온은 시종일관 정중했다.

내밀은 결론 역시도 썩 나쁘지는 않아 보이는 이야기.

당장에 음식을 사먹을 돈도 없는 강혁의 입장에서는 어떤 식으로든 수입이 생긴다는 것은 반길만한 일이었다.

하지만 대답을 하기도 전에 쥬시가 먼저 나서며 말했다.

"그럴 수는 없죠! 카록을 쓰러뜨린 건 여기 강혁 오빠 혼자서 한 일이잖아요? 당연히 100퍼센트 오빠에게 모두 지분이 있는 거죠. 그쪽이 맡았던 의뢰의 건 역시도 강혁 오빠가 해결한 셈이구요."

"그건…."

대체 언제부터 오빠라고 불렀다고…….

레온이 쉽사리 대답을 하지 못하자 쥬시는 더더욱 기세를 올리며 몰아붙였다.

"맞죠? 그러니까 그쪽은 딱 정찰 완료에 대한 지분만 가져가면 되겠네요. 안 그런가요?"

"하지만 그럴 수는……!"

바로 그때였다.

"그만! 그만해!"

"아, 또 왜!?"

짜증을 내며 반문하는 쥬시에게 홀트가 말했다.

"중요한 건 강혁님의 의사라고. 네가 나서서 이러니저러니 할 자격은 없다고. 어차피 강혁님은 우리랑 잠시 동행한 것뿐이잖아? 안 그래?"

"그, 그렇긴 하지만……."

"그럼 입 다물고 있어."

가볍게 쥬시의 입을 막아버린 홀트는 이내 강혁을 보며 진중한 표정으로 입을 열었다.

"어떻게 하시겠어요? 레온 씨의 제안이 그리 나쁜 이야기는 아니라고 봅니다."

"그런가요?"

"네. 물론 쥬시의 말도 틀린 건 아니지만 저들도 보상은 필요하니까요. 저쪽 파티에는 부상자도 있으니까요."

뒷말은 웅얼거리듯 말하긴 했지만 이러니저러니 해도 홀트는 옛 동료의 상태가 걱정되었던 모양이었다.

힐끔 시선을 돌려보니 쥬시 역시도 불만스러운 듯 볼을 부풀리고 있긴 했지만 홀트의 말에 반대의 의사는 없어보였다.

"그러니까 허접한 파티 같은데 가지말고 있으라니까……."

뭔가 계속해서 구시렁대고 있긴 했지만 말이다.

잠시 생각을 하던 강혁은 이내 레온을 보며 말했다.

"제안을 받아들이죠. 다만…"

"네! 뭔가 더 필요하신 거라도!?"

"보상을 받으러 갈 때 따라갈 수 있을까요? 그리고 의뢰의 장이 어딘지도 안내를 받을 수 있었으면 좋겠군요."

"아! 그런 거라면 물론 도와드려야죠."

레온은 일이 순조롭게 돌아가 주었다는 것에 크나큰 안도감을 느끼는 모습이었다.

"의뢰의 장 안내라면 우리가 해줄 수 있는데!"

"그런다고 파티에 들어갈 마음은 없다."

"이씽~ 그런 거 아니라구!"

강혁의 핀잔에 쥬시가 신경질을 부렸다.

만난 지 얼마 되지도 않았는데 강혁은 벌써 그녀를 다루는 방법을 터득하고 있었다.

회담(?)이 잘 끝난 기념으로 가벼운 술자리를 즐길 수 있었던 강혁은 밤을 향해 저물어가는 어둑한 마을의 시내로 나섰다.

카록의 사체를 처리한 보상을 받기 위해서였다.

겸사겸사 의뢰 완수의 보상도 받고 말이다.

"귀하디귀한 토론 열매가 있습니다! 겨울에는 부르는 게 값인 거 아시죠? 하지만 제가 특별히 개당 단돈 500림에 팝니다! 날이면 날마다 오는 기회가 아니에요!?"

"북쪽 산맥 얼음 늑대 가죽 팝니다~ 재질 좋아요!"

지나가는 길목은 호객을 하는 사람들로 활기찬 분위기였다.

세피림 마을은 이런 산지와 맞닿아 있는 것치고는 제법 커다란 규모를 지니고 있었는데, 덕분에 오가는 상인이나 모험가들 역시도 많았던 것이다.

다른 곳이라면 꽤나 시간이 걸릴 수도 있는 카록의 사체 처분이 빠르게 마무리 지어진 것도 바로 그 이유에서였다.

"이곳입니다."

인파를 지나쳐 마침내 도달한 장소는 생각보다 소담한 크기를 지닌 2층 가옥이었다.

낡긴 했지만 비교적 깔끔하게 관리되어진 건물의 1층의 입구 위에는 〈모험가 연합〉이라는 글씨가 쓰여진 간판이 매달려 있었다.

"그리고 저곳이 모험가 등록을 하는 곳이죠."

"그렇군요."

오는 길목에서 강혁은 머나먼 외국에서 건너온 모험가라는 것 정도로 이야기를 정리해두었었다.

덕분에 강혁은 레온의 안내를 받아 손쉽게 모험가로써의 등록을 할 수 있었다.

본래 처음 등록을 하는 사람은 무조건 F등급 모험가 카드부터 받게 되는 게 규칙이었지만, 레온의 보증과 간단한 실력테스트를 통해 C등급 카드부터 시작할 수 있었다.

'본의 아니게 폭력을 쓰고 말았지만 말이지.'

테스트를 하겠답시고 나섰던 거한의 전사가 장비 같은 인상과는 달리 온갖 말을 주절대며 신경을 건드려댔던 탓에 강혁은 무기도 들지 않은 맨손으로 거한을 흠씬 두들겨 패고 말았다.

나름대로 인정받은 B등급의 모험가라는데 꼴이 우습게 되었다.

모험가 연합의 건물을 나서자 강혁은 주머니가 두둑해졌다.

크래쉬 모험단의 의뢰 완료 보상인 5만 림은 물론 카록의 사체 처리 비용 20만 림의 절반을 받을 수 있었던 것이다.

그로써 현재 강혁이 소지한 금액은 15만 림이었다.

레온에게 대충 물어본 바로는 이런 마을에 적당히 괜찮은 집을 마련할 수 있을만한 자금이라나?

이곳에서도 부동산의 문제는 꽤나 심각한 것 같으니 결코 작은 금액은 아니라고 할 수 있었다.

보상 분배에 관해서라면 홀트와 쥬시 역시도 지분이 있었지만 그 부분에 대해서는 걱정할 필요가 없었다.

강혁이 나서기도 전에 레온이 먼저 자신들 분에서 일정 부분 지급하겠노라며 결론을 지었기 때문이었다.

레온은 챙긴 10만 림의 보상 중에 2만을 홀트와 쥬시에게 지급하기로 했다.

아무튼, 순조롭게 모험가 등록을 마치고 제법 거금의

돈까지 챙길 수 있었던 강혁은 가벼운 마음으로 안내받은 의뢰의 장으로 향했다.

무언가 여태까지와는 달리 전형적인 판타지 세계관과도 같은 느낌이라 잠시 분위기에 젖어들긴 했지만 결국 그는 이방인에 불과했기 때문이었다.

'일단은 시험 삼아서라도 의뢰를 해봐야지.'

이방인인 강혁의 목적은 결국 의뢰를 통해 포인트를 벌어 현실에 있는 시간을 늘리는 것이었다.

'만약 이게 콘솔 게임들처럼 엔딩 같은 거라도 있었다면 그걸 위해 노력이라도 할 텐데 말이지'

오로지 '생존' 이라는 절대 목적 외에는 아무 것도 주어지지 않은 지금과 같은 상황에서는 그저 흐름에 적응하고 따라가는 수밖에는 없었다.

"그나저나… 여기가 의뢰의 장인가?"

다소 소담하면서도 깔끔한 인상을 주던 모험가 연합의 건물과는 달리 의뢰의 장은 조금은 을씨년스러운 느낌을 주는 교회 양식의 건물 내부에 마련되어 있었다.

겨울이면 대부분의 모험가들이 휴식기에 들어선다는 말 그대로 의뢰의 장은 텅텅 비어 있었다.

'저긴가.'

강혁은 곧장 걸음을 옮겨 중앙에 위치한 단상으로 다가섰다.

단상의 위에는 좁다란 제단 같은 구조물이 있었는데

제단의 중심에는 투명한 색의 커다란 구슬이 박혀 있었으며, 그 옆에는 조그마한 직사각형의 홈 같은 것이 있었다.

"이렇게 하는 거로군."

강혁은 레온으로부터 간단하게나마 들었던 설명들을 상기하며 주머니에서 갓 발급받은 따끈따끈한 모험가 카드를 꺼내어 직사각형의 홈에다 올렸다.

그리고는 이내,

구슬을 향해 천천히 손을 뻗는 것이다.

우우웅—

손바닥이 가까워지자 구슬이 공명하며 희미하게나마 빛을 머금기 시작했다. 그리고 묘한 긴장과 함께 다시금 호흡을 가다듬으며 구슬을 움켜쥐었을 때였다.

"……!"

검붉은 핏빛의 색채로 물들며 뿜어지는 빛무리.

동시에 떠오른 메시지창의 내용에 강혁은 미소를 머금었다.

'달리 더 설명이 필요하진 않겠군.'

메시지창의 글귀는 자격을 증명한 모험자를 환영한다는 내용을 담고 있었다.

아마도 이곳 미스트 대륙에 살아가는 모험자라면 누구나 한번쯤은 마주한 적이 있을 초심자 환영의 문구.

하지만,

늘 그렇듯이 모두가 같은 길을 걷지는 않는 법이었다.

'…플레이어 모드라.'

환영의 문구 이후 떠오른 커다란 스크롤 박스 상단의 중앙에는 〈의뢰 목록〉이라는 글자가 고딕체의 또렷한 글씨로 새겨져 있었으며, 그 아래로는 카테고리별로 분류되어진 다양한 의뢰들이 주루룩 스크롤을 밀며 계속해서 떠오르고 있었다.

언뜻 보아도 족히 300여 개는 넘어가는 숫자였다.

그러는 와중에도 계속해서 늘어나고 있고 말이다.

대부분의 모험가들이 카테고리당 기껏해야 2~3개씩 정도의 의뢰를 제공받는다는 점을 생각해보면 그야말로 차원이 다른 수준의 분량이었다.

'뭐, 플레이어 에디션 같은 모양이니까.'

박스의 상단 우측에는 보다 작은 글씨로 ?플레이어 모드– 라는 글씨가 새겨진 채로 일렁이고 있었다.

"뭐, 됐고. 어떤 의뢰들이 있나 한 번 볼까?"

강혁은 즉각 손가락을 뻗어 카테고리를 선택했다.

[사냥], [수집], [정찰], [정화], [탐색] 이렇게 총 다섯 가지 종류로 나누어진 카테고리.

[사냥]은 말 그대로 몬스터나 악마 따위를 사냥하라는 내용의 의뢰들이 주를 이루고 있었으며, [수집]은 특정 장소에서만 발견되는 약초나 광석 등을 찾아오라는 내용이었다.

[정찰]은 위험 요소가 있거나 위험지로 선정이 된 장소를 살피고 주변 지역의 지도를 그려 와야 하는 일이었으며, [정화]는 사기에 침범된 지역이나 원인 불명의 역병에 오염된 지역으로 들어가 그 원인을 찾거나 사제들을 도와 정화 작업을 돕는 일이 주를 이루었다.

마지막으로 [탐색]의 경우에는 발견된 던전이나 유적 같은 장소의 내부를 탐험하고 클리어하는 의뢰였는데, 잘만 하면 내부의 보물들을 독식할 수 있기 때문에 모험가들 사이에서는 가장 인기 있는 종류의 의뢰라나.

하지만 강혁은 그중 [사냥] 카테고리를 선택했다.

별다른 이유는 없었다. 그저 그 편이 가장 빠른 시간 내에 해결할 수 있는 부류라고 생각했기 때문이었다.

'어디보자… 여기서도 등급이 따로 있군. 내가 할 수 있는 최대 등급은 A랭크인가?'

본래라면 C등급 모험가가 B등급도 아니고 무려 A등급 의뢰를 받는 건 말도 안 되는 일이었지만, 플레이어 모드 특전인지 강혁은 도전을 할 수가 있었다.

〈에우펠 산맥 가시 동굴의 악마 처치〉 라던가.

〈공허 차원의 괴수 초카브 처치〉 라던가.

이름만 들어도 결코 만만해보이지는 않는 내용의 의뢰들.

A등급의 딱지가 붙은 의뢰들의 밑에는 하나 같이 [80]이라는 숫자가 마크처럼 새겨져 있었다. 의뢰 완수 시에 80일의 현실 세계 시간을 벌 수 있다는 뜻이었다.

딱 끊어지지 않아서 애매하긴 하지만 얼추 3달에 가까운 시간.

바로 그 아래 등급인 B랭크 의뢰들의 경우 완료시 30일, 즉 한 달만의 시간을 벌 수 있는 것을 떠올려보면 거의 3배에 가까운 수치였다.

'원래라면 안전하게 B등급부터 해보는 게 맞는 거겠지만.'

강혁은 왠지 모르게 A등급의 의뢰들에 더 마음이 끌렸다.

하이리스크 하이리턴은 예전부터 강혁이 신조처럼 여기던 방식이 아니던가.

물론 스스로의 목숨이 걸린 일을 도박처럼 도전할 수는 없는 일이었지만 강혁은 자신이 있었다.

'요즘은 정말이지 뭘 해도 실패할 것 같지가 않으니까.'

늘어난 스텟에 따른 고양감. 그리고 카록과의 전투를 통해 확인한 스스로의 강함은 강혁으로 하여금 무엇에도 꺼지지 않을 자신감을 품게 만들어 주었다.

❖

A등급의 의뢰는 대부분이 차원문을 통해서 도달하는 돌입형의 의뢰였다.

그 중에서 강혁이 선택한 의뢰는

〈고대 뱀파이어 제거〉

였는데, 근래에 있었던 일도 있고 해서 겸사겸사 선택한 결과물이었다.

"오호! 이건 꽤 멋지네."

의뢰를 받자 제단 위에 올려두었던 카드로 빛이 모아지는가 싶더니 이내 카드의 의뢰 항목으로 (A등급 진행 중)이라는 글귀가 새겨졌다.

카드를 집어 들어 뒤편을 돌려보자 해당 의뢰에 대한 간단한 정보와 사용법이 적혀 있었다.

'언제 어디서든지 카드의 정면을 내밀게 하고 명령어를 말하면 차원문이 열린단 말이지.'

참고로 명령어는 'OPEN' 이었다.

사용법의 아래로는 차원문 오픈은 한번 밖에 사용할 수 없으며 돌입 후에는 의뢰를 완수하기 전까지는 돌아올 수 없으니 주의하라는 내용의 경고문이 적혀 있다.

강혁은 다시금 의뢰와 관련된 정보를 살폈다.

−제거 대상: 뱀파이어 고대 종
−위험도: A등급
−약점: 은 제질의 무기.

'은이란 말이지….'

이런 데서는 고전적인 설정을 벗어나지 못하는 군.

강혁은 낮게 중얼거리며 카드를 품속에 갈무리 했다.

언제 어디서든지 돌입이 가능하다고 했지만 이런 장소에서 갑자기 도전을 할 수는 없는 노릇이니까.

'나름대로 준비물을 챙길 시간도 필요하고 말이지.'

그대로 의뢰의 장을 벗어난 강혁은 마을 곳곳을 좀 더 돌아다니다가 구석진 자리에서 겨우 무기점을 발견하고는 은제 단검 네 자루를 따로 구입했다.

염동력을 이용해 정교하게 다룰 수 있는 단검 수의 한계는 6개에 불과했지만 단순히 방향을 지정하는 방식으로 이용한다면 그 두 배의 숫자까지는 가능할 것이었다.

무기점에서 단검들을 구입한 강혁은 시약 상점과 스크롤 상점 및 잡화점 등을 돌며 필요한 모든 물품들을 구입했다.

덕분에 15만 림이나 있던 돈이 단숨에 절반 정도로 줄어들긴 했지만 딱히 아깝다는 생각은 없었다.

'돈이야 또 얼마든지 모을 수 있을 테니까.'

당장에 A등급 의뢰의 완료 보상금만 해도 무려 30만 림이었다.

하긴 목숨을 걸고 돌입해서 뭔가가 잘못 되어도 성공하기 전까지는 돌아올 수가 없는 단두대 방식의 의뢰이니 보상이 큰 것은 어찌보면 당연한 일이리라.

강혁이 모든 준비를 마치고 홀트와 쥬시가 머무는 여관으로 돌아온 것은 어둑하던 하늘이 완전히 검게 물들고 난 뒤였다.

뒤늦은 저녁을 하고 그나마 가장 크고 깨끗한 방의 대금을 치르고 올라서자 기다리고 있던 쥬시가 인사를 걸어왔다.

"늦었네요?"

"준비할 게 있었거든."

"오올~ 이번에 돈 좀 많이 벌었나 봐요?"

"응. 한 15만 림 정도?"

"에엑? 진짜? 진짜요?"

쥬시는 믿을 수 없다는 듯 눈을 치뜨며 괴상한 표정을 지어보였다.

"B등급 의뢰 대금 5만이랑 카록의 시체 처리 보상의 절반인 10만까지 받았으니까."

"우우… 말도 안 돼. 우리는 100림이 없어서 음식도 맨날 싼 것만 먹는데……."

"그러면 너희도 얼른 등급을 올리든가."

"저기 그러면… 오빠?"

"거절한다."

이때다 싶어서 또 수작을 걸어오는 쥬시의 말이 채 이어지기도 전에 단호박으로 거절의 메시지를 던진 강혁은 조금 더 그녀를 놀리다가 여관 3층에 위치한 방으로 들어섰다.

'뭐, 나쁘지 않네.'

방은 휑한 느낌이 들만큼 텅텅 비어보였다.

있는 가구라고는 덩그러니 놓인 침대와 그 옆에 자리한 테이블과 의자 정도 뿐.

벽에 외투 따위를 걸 수 있는 옷걸이와 무기 걸이 등이 있긴 했지만 어느 것이고 다 조잡해서 별로 신뢰가 가는 모습은 아니었다.

하지만 이런 세상에서 호텔급의 시설을 기대할 수는 없지가 않겠는가.

나름의 만족감을 표한 강혁은 구입한 물품들을 더 정리하다가 옷을 벗고 욕실로 향했다.

하룻밤에 1000림이나 하는 방치고는 허접한 곳이긴 했지만 적어도 욕실이 딸려 있다는 점에서 편의성은 나쁘지 않았던 것이다.

그럼에도 보통 방의 10배나 되는 폭리를 취하고 있다는 점은 변함이 없었지만 말이다.

'욕실이라고 해봤자 나무통 하나 덩그러니 있을 뿐이고 말이지.'

그나마 그 안에 채울 물을 배관으로 쉽게 얻을 수 있다는 점이 다행이라면 다행이었다.

"자, 그럼 대강 준비는 마친 건가?"

오랜만의 욕조에 더없는 안락함을 느끼며 휴식을 취한 강혁은 노곤해진 몸으로 침대로 돌아와 앉았다. 그리고는 카드를 꺼내어 만지작거리고 있을 때였다.

똑똑—

고요한 밤을 울리는 노크 소리가 들려왔다.

"저기… 손님?"

약간은 앳되면서도 떨림을 머금은 목소리.

강혁은 고개를 갸웃하면서도 다가가 문을 열었다.

"무슨 일이시죠?"

문 앞에 서있는 인영은 예상대로 목소리가 어울리는 가느다란 체형의 소녀였다. 자세히 보니 어디선가 본 것도 같은 얼굴이었다.

아까 전 술자리를 할 때에 서빙을 하고 있던 여급들 중에서 본 적이 있었던 것이다.

밝은 갈색의 머리칼에 콧등에 작게나마 주근깨가 박혀있는 소녀는 새하얀 얼굴에 커다란 눈을 지닌 귀여운 인상을 하고 있었다.

"그게…."

소녀는 쉽게 말을 잇지 못했다.

눈조차 마주치지 못한 채 입술만 달싹이는 모습이었다.

'아… 그런거군.'

하지만 강혁은 단숨에 그녀가 찾아온 이유에 대해 알 수 있었다. 멀리 갈 필요도 없이 소녀의 옷차림이 너무나도 가벼워보였기 때문이었다.

소녀는 네글리제 한 장만을 입은 채로 문 앞에서 떨고 있었다.

'어쩐지 고급 방이라고 해도 너무 가격 격차가 심하다 싶더니 이런 서비스가 따로 있었던 거였어.'

강혁은 다시금 시선을 내려 소녀의 모습을 응시했다.

150을 겨우 넘길 듯한 자그마한 키에 가느다란 체형.

얼굴은 나름 귀여웠지만 크게 눈에 띄는 용모는 아니었다.

가슴께는 나름 봉긋 솟아올라 있긴 했지만 역시나 성숙함보다는 미성숙에 가까운 모양새다.

"후우…."

강혁은 짐짓 한숨을 토한 뒤 말했다.

"이대로 돌아가면 혼나거나 벌을 받거나 하죠?"

"에? 그, 그건… 맞아요……."

정곡이 찔린 듯 놀란 표정을 짓던 소녀는 이내 고개를 푹 숙이며 잔뜩 풀이 죽은 목소리로 웅얼거렸다.

"일단 들어와요. 겁먹지는 말고. 딱히 뭔가 하고 싶은 기분은 아니니까."

"…네."

소녀가 들어오고 문이 닫혔다.

텅 빈 복도로는 다시금 정적만이 남겨졌다.

"……."

들어선 소녀는 일단 침대로 가서 앉아 있으라고 하자 순순히 엉덩이를 붙이고 앉으면서도 쭈뼛쭈뼛 안절부절 못하는 모습이었다.

'망할.'

강혁은 내심 욕설을 머금었다.

딱히 도덕적인 관념 따위로 화가 난 것은 아니었다.

어차피 여기는 현실과는 다른 세상이고 정작 현실 쪽마저도 이런 식의 밤 문화나 접대 따위는 공공연히 이루어지고 있었으니까.

다만 강혁이 욕설을 머금은 이유는 단지 어린 여자의 취향이 아니기 때문이었다.

'글래머 한 여자가 들어왔으면 그냥 즐겼을 텐데 말이지.'

한탄을 머금으며 강혁은 여급들 중 유독 가슴이 눈에 띄던 백금발의 여성을 떠올렸다.

그런 강혁의 기색을 눈치채기라도 한 것일까?

"저기… 혹시 제가 마음에 안 드시면 다른 언니로 바꾸실 수도 있어요. 그러니까……."

참으로 고맙다 못해 눈물이 날 정도의 배려였지만 강혁은 고개를 저었다.

"됐어요. 그렇게 돌아가면 또 여관 주인한테 욕을 먹거나 해코지를 당하겠죠."

"아니에요… 전 괜찮아요."

전혀 설득력이 없는 서글픈 대답에 강혁은 한숨을 내쉬고는 그녀의 옆으로 다가가 앉았다.

"이름이?"

"네리아예요. 나이는 17살이구요."

생각보다 더 나이가 있었다. 기껏해야 15살 정도로 생각했었는데 말이다.

뭐, 그래봤자 어린애라는 건 변함이 없지만.

"딱히 무리할 필요는 없으니까 잠이나 자고 가."

강혁은 의도적으로 말을 놓았다.

좀 더 강제적인 이미지를 심기 위해서였다.

"…네?"

"잠이나 자고 가라고. 침대가 제법 크니까 두 명 정도는 누울 수 있을 거야. 말했듯이 딱히 별짓 할 생각은 없으니까 걱정할 필요는 없어."

강혁은 기왕에 이렇게 된 것 그녀를 난로 대용으로 사용할 셈이었다. 방은 썩 나쁘지는 않았지만 넓은 만큼 이런 겨울에 홀로 있기에는 꽤나 서늘했기 때문이었다.

그런 상황에서 체온이 주는 따뜻함은 딱 좋은 난로의 대용이라고 할 수 있었다.

'의뢰 도전은 내일해야겠군.'

생각 같아서는 당장에 도전하고 싶은 마음이었지만 이곳에서의 시간은 또 어떤 방식으로 흘러가는지 알 수가 없으니 무작정 도전을 할 수도 없는 노릇이었다.

말을 끝맺은 강혁은 먼저 침대로 올라가 누우며 담요를 덮었다.

그런 뒤 손짓을 하자 반사적으로 일어나서 쭈뼛거리고

있던 네리아가 조심스럽게 다가와 열어준 담요의 한켠으로 들어선다.

"아…."

자연스럽게 가녀린 어깨를 끌어안으며 가슴 가득 밀착시키자 벌어진 입술의 사이로 작은 신음을 새어나왔다.

하지만 아무리 시간이 지나도 그 이상의 행위가 없다는 사실에 무언가의 확신이라도 느낀 걸까.

이내 네리아의 팔이 강혁의 허리를 껴안았다. 그리고는 마치 작은 동물이라도 된 것처럼 가슴팍에 볼을 비비며 더 깊숙이 파고드는 것이다.

"…고마워요."

수줍은 감사의 말이 들려왔지만 강혁은 애써 무시한 채 잠을 청했다.

오랜만에 느끼는 체온의 따스함 때문일까.

강혁은 얼마 지나지 않아 깊은 잠의 세계로 빠져 들고 말았다.

❖

다음날 새벽.

강혁은 홀로 눈을 떠 조용히 침대에서 벗어났다.

오랜만의 따뜻한 잠자리가 좋았는지 네리아는 여전히 잠에서 깨지 못한 채 입술을 오물거리는 중이었다.

그녀의 어깨 위로 담요를 더 깊게 덮어준 강혁은 아직 어둠에 잠겨있는 계단을 타고 1층으로 내려갔다.

"어? 벌써 일어나셨습니까?"

1층에서는 막 주인장이 카운터를 닦고 여러 가지 준비들을 하고 있었다.

"일찍부터 나서야 할 일이 있어서요."

"오호! 역시나 대단한 모험가는 뭔가 다르군요!"

어젯밤 거침없이 지불한 1000림의 숙박비 때문일까.

주인장은 강혁을 뭔가 대단한 실력을 지닌 모험가 정도로 생각하는 모양이었다.

"근데 아직 식사가 준비되려면 좀 멀었는데 잠시만 기다려 주시겠습니까?"

"그러죠."

강혁은 가볍게 고개를 끄덕이고는 빈자리 중 하나로 가서 앉았다. 주인장은 눈치를 잠깐 보는가 싶더니 주방 쪽으로 들어가 버렸다.

주방장에게 닦달이라도 하려는 모양이지.

그렇게 얼마가 지나자 주인장이 직접 접시를 들고 나타났다.

"오늘의 아침 메뉴는 베이컨 에그와 소세지입니다."

강혁은 감탄을 토했다.

별달리 특별할 것 없는 평범한 아침 메뉴였지만 막 조리된 채로 향내와 열기를 뿜어내고 있는 요리는 사뭇 먹음직

스러웠기 때문이었다.

'맛있네.'

망설임 없이 그런 평가를 내려도 될 만큼 요리는 맛이 있었다. 활짝 펴져가는 강혁의 표정에 용기를 내기라도 한 걸까? 주인장이 먼저 말을 걸어왔다.

"혹시 어젯밤은 잘 주무셨습니까?"

"아…."

강혁은 포크를 움직이려다 말고 주인장을 올려다봤다.

그는 긴장을 하면서도 탐욕에 찬 눈을 하고 있었다.

'날 단골로 삼고 싶은 모양이지?'

주인장이 품은 욕망은 딱 그 정도의 수준이었다.

일하는 여급들에게 손님의 잠자리 상대까지 시키는 점주가 깨끗하게 일하고 있을 리는 없었지만 필요 이상의 욕심을 부리지는 않는 타입인 것이다.

'차라리 탐욕을 노골적으로 드러내줬다면 좀 더 편했을 텐데 말이지.'

은근슬쩍 지난밤의 소감을 물어보는 주인장의 의도에서 강혁은 그와 똑같은 수준의 인간으로 취급받는 것 같아서 불쾌감이 일었지만 내색하지 않고 말했다.

"좋았습니다."

"아! 그렇다면 다행입니다! 제가 특별히 신경 써서 준비했거든요, 후후훗."

강혁의 대답에서 허락이라도 받았다고 생각했음인가.

주인장은 완전히 긴장을 풀고서 강혁의 맞은편 의자를 빼고 앉았다. 그리고는 마치 비밀 이야기를 하기 라도 하는 것처럼 손바닥을 말아 쥐며 속삭이는 것이다.

"근데 그거 아십니까? 사실 어젯밤은 맛보기였을 뿐이랍니다. 그 아이 뿐 아니라 이곳에서 일하는 모든 여자애들을 다 골라먹을 수 있거든요."

거기까지 말한 뒤에 주인장은 히죽거리는 미소를 짓더니 이내 정중한 목소리로 뒷말을 이었다.

"아! 물론 손님이 원하시면 말입니다."

"그 방을 계속 쓰면 말이죠?"

"그렇답니다! 혹시 가격이 부담되시면 장기계약으로 특별히 할인도 해드릴 수 있답니다. 한 달에 25000림은 어떠신가요?"

이야기가 긍정적으로 흘러가고 있다고 판단한 건지 주인장은 먹잇감을 앞에 둔 뱀처럼 빠르게 파고 들어왔다.

"머물러 주시기만 한다면 밤마다 아이들을 넣어주는 것은 물론 원하시는 성향에 맞추어 어떠한 쾌락도 함께 제공해드릴 수 있답니다."

"그렇군요."

강혁의 대답이 무겁게 떨어졌다.

동시에 포크를 쥐고 있던 손마저 놓아버렸다.

시공일관 탐욕을 부려대는 주인장의 수작에서 입맛이 딱 떨어졌기 때문이었다.

기념비적인 첫 의뢰를 떠나기 직전에 이래서야 시작부터 마이너스다.

'맛있는 요리를 낭비하는 것도 죄악이고.'

강혁은 의도적으로 기세를 뿜어냈다.

그리고는 쐐기를 박듯 말하는 것이다.

"이번 의뢰를 마치고 돌아오면 다시 여기서 묵기로 하죠."

"아… 그러십니까."

어떤 것도 확정되지 않은 강혁의 대답에 주인장은 뭔가 더 하고 싶은 이야기가 있어 보였지만 기세에 눌려 더 이상 입을 놀리지는 못하고 물러났다.

'기분을 잡쳤군.'

겨우 혼자만의 식사시간을 번 강혁은 다시 포크를 놀리기 시작하며 아직 잠에 빠져있을 네리아의 모습을 떠올렸다.

'…잡쳤어.'

입맛이 조금 씁쓸했지만 딱히 할 만한 일은 없었다.

해야 할 이유도 없었고 말이다.

달각달각-

느긋하게 포크를 놀려 마지막 한 점의 계란까지 깨끗하게 비워낸 강혁은 주인장에게로 다가가 500림의 돈을 쥐여준 뒤 여관을 나섰다.

돌아올 때까지 네리아에게 잘 대해주라는 정도의 청약 대금이었다.

오랜만에 사람의 체온이 주는 따스함을 제공해주었던 그녀에게 주는 그 나마의 보상이었다.

"자, 그럼 이제 어디로 가본다?"

거리에 선 강혁은 희미한 안개가 머문 하늘을 보다가 곧 시원한 공기를 맡으며 걸음을 옮기기 시작했다. 포탈을 여는 일을 아무나 지나다니는 노상에서 할 수는 없기 때문이었다.

'앞으로 한두 시간만 더 지나도 붐비기 시작할 테니까.'

텅 빈 거리를 걸어 휘적휘적 걸음을 옮기던 강혁은 이내 복잡하게 꺾어드는 길목을 따라 어느 골목길의 조그마한 빈 공간을 발견했다.

인적도 드물뿐더러 지나는 사람들조차 쉽게 발견할 수 없을 만큼 외진 방향에 있는 공간이었다.

"여기가 딱이군."

마음에 쏙 드는 장소를 발견한 강혁은 주변을 한 번 더 체크한 뒤 준비물들을 다시금 체크했다. 그리고는 품을 뒤져 모험가 카드를 꺼내어 드는 것이다.

곧 사용일 될 것임을 짐작이라도 한 것일까.

카드의 중앙으로 은은한 빛을 뿜어내고 있는 'A랭크'라는 글자를 확인한 강혁은 망설임 없이 카드의 정면을 빈 공간의 구석으로 향했다.

"오픈!"

그우우웅—

명령어를 내뱉자마자 공명음과 함께 카드가 빛을 뿜으며 전방의 영역이 일렁이기 시작했다. 그리고 이내 쩌어억 하고 공간 자체가 갈라지며 타원형의 차원문이 생성되었다.

'그럼… 가볼까!'

강혁은 망설임 없이 걸음을 옮겨 차원문 안으로 들어섰다.

파츠츠츳―

순식간에 강혁을 집어삼킨 차원문은 몇 번인가 빠직거리는 에너지의 편린을 뿜어내는 듯 하다가 이내 거짓말처럼 범위를 좁히며 사라져버렸다.

안개 섞인 새벽의 공기만을 담은 공터로 다시금 적막이 내려앉았다.

❖

콰르르릉―

눈을 뜨자마자 들려온 천둥의 소리에 강혁은 무심코 하늘을 응시했다.

하늘로는 시커먼 먹구름들이 가득 메운 채로 소용돌이처럼 휘돌고 있었는데 그 주변으로 쉼 없이 천둥과 번개가 몰아치고 있는 모습이었다.

"…분위기 한 번 죽여주는군."

방금 전까지 새벽이 밝아지던 미스트 대륙의 전경과는 달리 의뢰를 위해 찾아온 장소는 온통 어둠과 불길함으로 가득 들어차 있었다.

저절로 몸이 무거워지는 듯한 느낌.

이전에 마녀가 있던 지하감옥을 탈출하는 미션에서 느껴 본적이 있던 감각이었다.

"빨리 의뢰를 해결해야겠어."

강혁은 고개를 절레절레 흔들며 갑주들을 장비하고 창을 꺼내어 움켜쥐었다.

등 뒤로 시약과 스크롤들을 담은 배낭이 조금은 거치적 거렸지만 대신 보온 망토를 되돌려서 움직이는데 크게 불편한 느낌은 아니었다.

'다행히 길을 헤맬 걱정은 없어 보이니까.'

사냥 의뢰라는 카테고리에 충실하기 위함인지 강혁이 도달한 장소는 을씨년스런 저택의 대문을 바로 코앞에 둔 지점이었다.

17세기 바로크 양식으로 만들어진 듯한 대저택.

과도하다 싶을 정도로 많은 창문들을 올려다보았지만 그 안에서 인적은 전혀 찾아볼 수가 없었다.

하지만 강혁은 오히려 긴장감을 끓어 올렸다. 을씨년스 러운 저택의 창문들 너머로부터 강렬한 시선을 느낄 수 있 었기 때문이었다.

저벅… 저벅…

유달리 크게 울리는 발자국 소리를 의식하며 반쯤 열려져 있던 대문을 밀자 끼이이익- 하고 녹슨 경첩의 소리가 천둥소리마저 가르며 소름끼치도록 선명히 울렸다.

강혁은 문을 지나 저택의 입구까지 이어진 정원을 따라 걸음을 옮겼다.

모든 꽃과 식물들이 말라붙은 정원은 관리되지 않아 아무렇게나 자라난 잡초들로 인해 엉망진창이었다.

당장에 뭔가 튀어나온다고 해도 이상하지 않을 만큼 을씨년스럽고 섬뜩한 느낌을 주는 풍경.

"……."

정원의 중간지점까지 들어서던 강혁은 돌연 발걸음을 멈춰 세웠다. 그리고는 늘어뜨리고 있던 창날을 끌어 올리며 푸념과도 같은 말을 토하는 것이다.

"역시 쉽게 들여보내 주지는 않겠다는 건가."

준비를 갖추자마자 마치 기다렸다는 듯이 버려진 정원의 바닥 곳곳이 들썩대며 무언가가 모습을 드러내기 시작했다.

말라비틀어진 팔로 지면을 헤집으며 그 모습을 드러내는 수십의 존재들. 그들은 언뜻 보아도 인간처럼 보이는 몰골은 아니었다.

'좀비? 아니… 조금 다른 것 같군.'

바닥을 온통 헤집어내며 마침내 완전히 모습을 드러낸 존재들은 좀비라고 하기에도 스켈레톤이라도 하기에도 조금은 애매한 외형을 지니고 있었다.

굳이 따지자면 미라에 가까운 모습이었지만 그렇게 말하기에는 또한 묘하게 생기가 느껴지는 듯한 모습이었다.

'…구울인가.'

강혁은 얼마 지나지 않아 놈들의 정체에 대해 파악할 수 있었다. 미스트로 돌입하기 전 한번 쭉 훑어보았던 괴물 도감집에서 구울에 대한 정보를 본 기억이 있었던 것이다.

'말라비틀어진 체형에 끈적한 피부층, 거기에 묘하게 생기가 느껴지는 감각에 길고 날카로운 손톱들. 딱이네.'

비척거리며 몸을 일으켜 붉은색의 안광을 뿜어내기 시작한 수십의 존재들은 괴물 도감에 쓰여 있던 구울과 특징이 정확하게 일치했다.

'뱀파이어에게 조종을 받는 경우도 있다고 했던가?'

하나 둘씩 새록새록 떠오르는 정보들을 떠올리며 강혁은 본격적인 전투의 태세를 취했다.

어느새 구울들이 강혁을 발견하고는 금방이라도 달려들 것 같이 흉흉한 기세를 드러내기 시작했기 때문이었다.

"자, 그럼… 해볼까?"

선고와 함께 지면을 박차는 것과 동시에.

"키에에에-!"

"캬하아아-!"

구울들이 끔찍한 비명을 내지르며 사방에서 달려들기 시작했다. 이제 죽어버린 시체들이라고는 믿을 수 없을 만큼 빠르고 기민한 움직임들이었다.

"먼저 한 마리!"

강혁은 정면으로 날아드는 구울에게로 쇄도하며 즉각 창날을 밀어 넣었다.

콰직—

쩌억 벌어진 입속으로 파고들어 그대로 두개골을 박살내 버린 창날이 그대로 옆으로 휘어지며 우측의 구울마저 형편없이 튕겨낸다.

"크헤에엑!"

"캬하악!"

"쿠케헤에!"

창대를 원형으로 크게 휘둘러 단번에 다섯 마리의 구울들을 튕겨 내버린 강혁은 그 틈을 타서 재빨리 손을 뻗어 단검들을 출수했다.

쉬쉬쉬쉬쉭—

마치 살아있는 생물처럼 각자의 방향으로 뻗어나가며 허공을 타고 유영하는 투척용 단검들.

"어디 한 번 해보자고!"

입술을 말아 올려 호전적인 미소를 머금으며 강혁은 다시금 달려드는 구울들을 향해 창날을 향했다.

퍼버버버벅—

단검들이 유도 미사일이라도 된 것처럼 지면을 박차고 날아올라 덮쳐오던 구울들의 머리통으로 박혀들었다. 단검이 박힌 구울들은 날아들던 자세 그대로 힘을 잃고 바닥에 처박혔다.

"하아앗!"

그 사이 달려든 강혁의 창날이 구울들의 머리통을 사정 없이 꿰뚫고 박살내기 시작했다.

톱스타 킬링의 필드

Hell is coming

chapter 6. 흐름대로

퍽!

빠악!

투카칵!

창대가 휘둘러질 때마다 구울들의 머리통이 터져나간다.

그런 와중에도 구울들은 숫자가 줄어들 줄을 모르고 계속해서 나타나 달려들어 왔지만 그럴 때마다 허공을 유영하던 단검들이 쏘아지며 구울들의 머리통을 박살냈다.

'끈질기네.'

고대 뱀파이어의 영역이 돌입한지도 어느덧 1시간 째.

강혁은 이를 갈았다.

'물량공세라니… 너무 치사한 것 아니냐!?'

243

정원에서 마주했던 구울 무리를 모조리 처치했을 때만 해도 고대 뱀파이어 공략에 대해서 그리 심각하기 여기진 않았었다.

고대 뱀파이어 본인이라면 몰라도 중간 중간 나타나는 하수인 같은 것들이야 이제서는 위협이 되지 않았기 때문이었다.

하지만 구울들은 그런 강혁의 안이한 생각을 비웃기라도 하는 것처럼 어디선가 계속해서 나타나고 있었다.

나타나는 것은 비단 구울들 뿐이 아니었다.

어둠 속에 몸을 숨기고 있다가 갑자기 날아들어 면도날 같은 이빨을 드러내는 흡혈박쥐에 천장에서 갑자기 떨어져 내리며 덮쳐오는 거머리 떼, 거기에 하수인 뱀파이어처럼 보이는 존재들까지.

흡혈과 관련된 모든 종류의 괴물들이 강혁을 노렸다.

흐름이 그러다보니 아무리 강혁이라고 해도 욕설이 나올 수밖에는 없는 상황.

"크크큭, 지쳐 보이는구나! 내가 그 숨을 좀 더 일찍 끊어주도록 하지!"

갑자기 나타난 하수인 뱀파이어의 대사였다.

강혁은 말없이 다가서며 창날을 뻗어냈다.

"흥! 이딴 허접한 공격에 내가 맞을…."

"나선력!"

"크아아악!"

심장에 커다랗게 구멍이 뚫린 뱀파이어가 비명과 함께 허물어졌다.

아까부터 계속해서 발전이 없는 녀석들이었다.

'이걸로 4마리째인가? 다른 것들은 생각하기도 싫고… 구울은 더 이상 셀 수도 없겠군.'

이미 저택의 중앙까지 들어온 상태였기 때문에 이제와 돌아서기도 애매한 상태였다. 돌아갈 수 있다고 해도 딱히 달라지는 것은 없지만 말이다.

어차피 의뢰를 통해 이동한 이상 해당 목표물을 제거하기 전까지는 본래의 세계로 돌아갈 방법조차 없었다.

'결국 데스매치라는 거지.'

아까 전과 비교하면 현저하게 거칠어진 호흡을 의식하며 강혁은 간만에 조용해진 주변을 살피다가 근처의 빈 방의 문을 열고 들어섰다.

짙게 먼지가 앉아있는 르네상스 시대풍의 가구들이 보인다.

아무래도 이 방은 과거 손님을 맞이하기 위한 응접실 정도로 쓰였던 모양이었다.

"일단은 좀 쉬자고."

밖에는 계속해서 구울들이 나타나 돌아다니고 또 언제 어디서 흡혈 종들이 나타날지 모르는 상태였지만 강혁은 줄곧 들어 올리고 있던 창대를 늘어뜨렸다.

싸울 땐 싸우더라도 일단 호흡을 고를 시간은 주어야 하지 않겠는가.

'그나마 스텟이 올라서 다행이군.'

아마 과거의 강혁이었다면 정원을 지난 시점에서 이미 체력이 고갈 되고 말았을 것이었다.

"후우…."

높아진 체력의 효과 때문인지 아니면 보조 스킬인 초 회복 때문인지 숨을 고르기 시작한지 얼마 되지도 않았는데 금세 호흡이 회복되기 시작하는 것이 느껴진다.

아마 이런 식으로 적절히 휴식을 취해가면서 한다면 고대 뱀파이어의 졸렬한 물량 공세에도 어느 정도는 대응할 수 있을 터.

'이럴 줄 알았으면 성수 폭탄 같은 거라도 사올걸 그랬어!'

그렇다 치더라도 짜증이 솟구치는 것은 어쩔 수 없었지만 말이다.

대 뱀파이어용으로 준비해왔던 준비물들은 철저하게 단일 대상용으로 준비된 것이기에 함부로 낭비를 할 수가 없었다.

이렇게나 많은 쫄다구들이 있을 줄 알았더라면 좀 더 돈을 쓰는 한이 있더라도 무조건 대량 학살용 아이템들을 구비해왔을 것이었다.

"그랬다가는 나도 무사하진 못 하겠지만 말이지."

이곳에서 구입할 수 있는 대량 학살용 아이템이라고 해봤자 기껏해야 파이어볼 마법이 담긴 스크롤 정도가 고작이었다.

물론 그것만 해도 위력만큼은 무시할 수 없었지만 가격 대비로 보자면 역시 사치품에 가깝다는 얘기다. 이런 저택 내에서 사용했다가는 역으로 사용자가 말려들 경우도 크고 말이다.

"결국엔 헛소리지."

강혁은 주머니에서 쿠키를 꺼내서 간단하게 입가심과 열량의 보충을 하고는 엉덩이를 붙이고 있던 테이블로부터 벗어났다.

잠깐이나마 쉬었기 때문인지 근육이 이완되며 조금은 노곤한 기분이 들었지만 강혁은 애써 긴장감을 끓어 올리며 문으로 다가섰다.

그리고는 문고리를 향해 손을 가져가며 길게 늘어뜨리고 있던 창대를 조금 짧게 잡는 것이다.

"캬하아악-!"

"닥쳐!"

푸가악-

문을 열자마자 덮쳐들어오는 구울의 머리통을 꿰뚫어주기 위해서였다.

"키에에에!"

"캬하아아!"

짙은 피냄새를 맡고 찾아온 것인지 넓은 복도를 배회하고 있던 구울들이 동료의 죽음에 흥분을 하며 몰려들기 시작했다.

"또 시작이군."

강혁은 한탄인지 한숨인지 모를 표정을 한 채로 창을 휘둘러가기 시작했다.

❖

"하아… 제기랄!"

저택에 돌입한 지 어언 3시간 째.

강혁은 드디어 목표하던 장소로 도달할 수 있었다.

끝없는 구울 떼와 각종 흡혈종들, 이따금씩 나타나는 하수인 뱀파이어는 물론이거니와 좀 전에는 중간 보스 정도로 보이는 드라큘라 백작 차림의 뱀파이어까지 물리치고 마침내 도달한 것이다.

저택의 최상층이자 낡고 음울한 공기를 머금고 있던 창문들 중 유일하게 빛이 새어나오고 있던 곳이었다.

심지어 중간 보스격의 뱀파이어가 지키고 있던 계단의 뒤편이기도 했으니 아마 저 커다란 나무문의 뒤에는 반드시 고대 뱀파이어가 기다리고 있을 터.

'설마하니 이제와서 "뽱이었습니다." 라고 말하진 않겠지.'

아마 그랬다가는 뱀파이어 사냥 이전에 암에 걸려 죽을지도 몰랐다.

그런 쓸데없는 생각들을 하며 강혁은 다시금 돌아온 호흡을 가다듬으며 검은색 나무문의 앞으로 다가섰다.

정적에 물들어 있는 문의 너머로 빛을 밀어내는 짙은 음영이 드리우고 있었다.

강혁은 옆구리 춤에 장착해두었던 은제 단검을 뽑아내 허공으로 날렸다.

기본적인 투척용 단검과는 확연한 디자인의 차이를 보이는 단검들이 강혁의 어깨 양옆으로 둥둥 떠올랐다.

이로써 컨트롤하고 있는 단검의 숫자는 총 12자루.

본래라면 8개가 한계였지만 쉬지 않고 전투를 벌이며 혹사(?)한 탓인지 스킬의 레벨이 올라가버렸다.

물론 12개나 되는 단검을 자유자재로 조종하는 것은 능력 이전에 인지능력의 문제였지만 강혁은 그것이 가능한 종류의 인간이었던 것이다.

'아무리 그래도 이 이상은 힘들 것 같지만.'

적당히 의념을 뿜어내 단검들의 컨트롤을 확인한 강혁은 품속에서 소형 약병을 꺼내어 창날의 위로 성수를 듬뿍 뿌렸다.

이렇게 하면 은제 무기만은 못해도 일시적으로는 그와 비슷한 효과를 낼 수 있기 때문이었다.

'남은 건 독 저항 포션이랑 정신력 포션인가.'

강혁은 차례로 품을 뒤져 포션들을 아낌없이 들이켰다.

화끈하거나 차가운 액체들이 목구멍을 긁으며 넘어가자 묘한 활력과 함께 신경이 곤두서는 것 같은 기분이 느껴진다.

마치 각성제를 흡입하기라도 한 것처럼 불편하게 또렷해지는 기분.

'이정도면 확실히 최면이나 환영 따위에 걸려들지는 않겠군.'

모든 준비를 마친 강혁은 재차 호흡을 고르며 문의 손잡이를 움켜쥐었다.

찰칵—

끼이이이…

양문형으로 밀리는 문이 안쪽으로 길게 열린다.

문이 열리자마자 방안을 채우고 있던 불빛이 문의 너머로까지 뻗어져 나오며 그 영역을 넓혔다.

방안은 어두컴컴한 저택의 전반적인 분위기와 달리 무척이나 밝았다.

딱히 대단한 조명장치가 있다던가 하는 것은 아니었다.

벽에 매달린 채 흔들리는 횃불의 불빛이 사방을 가득 채운 황금색의 색채를 반사하며 더 큰 빛을 만들어냈던 것이다.

뱀파이어의 소굴이라기보다는 어딘가 이집트 유적의 파라오 무덤 같은 느낌의 공간이었다.

"여기까지 오다니… 호홋, 이건 정말 오랜만인데!?"

들려오는 목소리가 고개를 들어보니 거창한 왕좌에 기대어 앉은 채 요사스러운 미소를 머금고 있는 여성의 모습이 보였다.

가슴과 국부만을 겨우 가릴 정도로 아슬아슬한 황금색의 복장을 입고 있는 흑발의 미녀.

　뱀파이어라기보다는 차라리 서큐버스에 더 가까울 것 같은 모습이었지만 강혁은 그녀를 보자마자 그녀가 목표인 고대 뱀파이어라는 사실을 깨달을 수 있었다.

　음울하고 불길한 기세가 안개처럼 밀려들며 짙은 혈향이 전해져왔기 때문이었다.

　'위험하다!'

　강혁의 촉이 본능적으로 쏘아내는 경고였다.

　하지만 강혁은 자세를 낮추며 전투 자세를 취했다.

　"흐응? 뭐가 그렇게 심각해? 이렇게 본 것도 인연인데 좀 더 이야기나 나누자구. 매번 말주변이 없는 녀석들뿐이라 심심했다구."

　"딱히 노출광 변태랑 말을 섞고 싶진 않아서 말이지."

　"호홋, 이게 뭐 어때서 그래? 그냥 옷일 뿐이잖아? 그리고 어차피 할 때는 벗어야 하는 거고."

　고대 뱀파이어는 강혁의 도발에도 아랑곳하지 않는 모습이었다. 오히려 붉은색의 혓바닥을 핥아 올리며 유혹의 자세를 취한다.

　앞서 죽어간 부하들이나 눈앞에서 흉흉한 기세를 뿌리고 있는 강혁의 존재 따위는 아무래도 좋다는 듯한 태도.

　그것은 전형적인 포식자의 시선이었다.

　자신의 위에는 아무 것도 없는 최상위 포식자의 눈.

'꼴같잖군.'

그런 특유의 분위기만으로도 보통 사람은 압도되거나 저절로 위축되기 마련이었지만 강혁은 오히려 살기를 피워 올렸다.

그는 알기 때문이었다.

죽음에는 위아래가 없다는 사실을 말이다.

'아무리 대단한 놈도 칼에 심장이 갈리면 죽기 마련이고, 그래도 안 죽으면 여러 방 찔러 누더기로 만들어버리면 된다.'

칼로 해서 안 먹힐 상대면 총으로 갈겨버리면 되고 그렇게 갈겼는데도 죽지 않으면 RPG미사일이라도 쏘면 되는 것 아니겠는가.

처음 이 세계에 끌려 들어와서 죽지도 않는 살인마들과 마주하게 되었을 때는 그 불합리함에 두려움을 느끼기도 했지만 이제는 알고 있었다.

그들은 정말로 무적은 아니었다는 사실을 말이다.

단지 그들은 당시의 강혁이 지닌 힘만으로는 죽일 수가 없는 존재들이었을 뿐이었다.

그 말인 즉슨,

'눈앞의 저 노출 뱀파이어도 결국에는 죽게 되어있다는 뜻이지.'

여전히 여유로운 고대 뱀파이어의 모습을 보며 강혁은 창끝을 그녀의 미간으로 향했다.

"어마? 무서워라, 호호홋."

고대 뱀파이어는 아예 어린애를 놀리기라도 하는 것처럼 과장된 자세를 취하며 수없는 빈틈을 드러내고 있었다.

오히려 그래서 더 다가들기 어려운 느낌이 들기도 했지만 강혁은 이를 악물며 창대를 쥔 손에 힘을 더했다.

꽈아악…

정적의 위로 가죽 장갑과 창대가 마찰되는 소리가 선명히 울려 퍼졌다.

타아앗―

그 어떤 기미도 없이 강혁은 유령처럼 지면을 박차며 고대 뱀파이어에게로 쇄도했다. 마치 땅바닥에 붙을 것처럼 잔뜩 극단적으로 낮아진 자세로 순식간에 거리를 좁힌 강혁은 즉시 창날을 뻗어냈다.

투콰아아아―

단순한 창격이 아닌, 나선력까지 더해낸 필살의 일격.

"이런! 위험하잖아!?"

하지만 고대 뱀파이어는 너무나도 쉽게 공격을 피해내는 모습이었다. 강혁은 낙심하지 않고 재차 스텝을 밟았다. 처음부터 전투가 쉽게 끝날 수 있을 것이라는 생각은 하지 않았기 때문이었다.

'점점 더 익숙해지는 것 같군.'

빠르게 몸을 움직여가며 강혁은 생각했다.

기억의 한편에 잠들어있던 본능과도 같은 움직임들이

조금씩 깨어나고 있는 것 같다고 말이다.

단순히 사혁의 기억을 흡수해 그 경험과 실력을 사용하고 있는 강혁으로써가 아니라 전무후무했던 최고의 암살자였던 사혁 본연으로써의 감각이 깨어나고 있는 것이다.

'그러고 보면… 과거에도 이상한 일들은 충분히 있었지.'

암살 대상들 중에는 인간의 한계를 가뿐히 뛰어넘은 것 같은 느낌의 괴물들도 있었다.

단순한 신체능력의 우위뿐만이 아니라 기이한 초능력을 사용하는 존대도 있었던 것이다.

하지만,

사혁은 번번이 그들을 쓰러뜨렸으며 목숨을 빼앗았다.

그게 당시의 사혁에게는 당연한 일이었으니까.

상대가 누구라도 의뢰의 대상이 된다면 죽인다.

'설령 그것이 신이나 악마라고 할지라도.'

그것이 바로 사신이라는 이름으로 불렸던 사혁이라는 사내가 지닌 본연의 모습이었다.

"너도 다르지 않을 거다."

선고와도 같은 말을 내뱉으며 강혁은 몸 주변으로 밀착시키고 있던 단검들을 사방으로 뻗어냈다.

❖

    결론부터 말하자면 고대 뱀파이어와의 승부는 결국 강혁의 승리로 끝을 맺었다.

    전체적인 능력의 차이라면 단연코 고대 뱀파이어 쪽이 앞서 있었지만 철저하게 준비한 아이템들과 몇 가지의 꼼수들을 이용한 결과였다.

    "죽을 뻔했군."

    아직도 새벽의 공기가 완전히 사그라들지 않은 골목의 좁은 공터를 벗어나며 강혁은 낮게 혀를 찼다.

    고대 뱀파이어는 예상했던 것보다 훨씬 더 강했으며, 또 다양한 방법으로 강혁을 괴롭혀왔다.

    은제 무기는 물론 성수라던가 안개화를 대비한 기름+화염 콤보까지 준비해왔지만 고대 뱀파이어는 그 모든 것을 비웃기라도 하듯 손쉽게 털어내는 모습을 보여주었던 것이다.

    그녀는 강혁보다 더 강한 완력과 빠른 속도를 지니고 있었다. 그럼에도 불구하고 강혁이 결국 승리를 거둘 수 있었던 것은 아마도 칼 같은 집중력과 집요한 시도 때문이리라.

    일반적인 공격들은 물론 스킬들을 이용한 콤보나 기습 같은 수는 고대 뱀파이어에게 거의 통하지 않았다.

    아예 통하지 않는다고는 할 수 없었지만 대부분이 무위로 돌아가곤 했던 것이다.

하지만 강혁은 포기하지 않고 계속해서 염동력을 이용한 단검 러쉬를 사용하며 은제 단검들을 치명적인 각도로 밀어 넣었다.

그리고는 중간 중간 창격을 통한 스킬 공격이라거나 단검 본연의 위력을 배가시키는 콤보 스킬인 스파이럴 등을 통해 야금야금 피해를 입혔던 것이다.

가랑비에 옷이 젖는 줄 모른다고 했던가.

전투를 시작한지 1시간여가 지나간 시점에 고대 뱀파이어는 낭패한 기색을 드러내고 말았다.

시종일관 압도적인 모습을 드러낸 고대 뱀파이어였지만 그녀 역시도 한계점은 존재했던 것이다.

흡혈을 통해 힘을 얻는 뱀파이어족인 그녀는 계속되는 권능의 남발로 체력이 소진되기 시작했고 중도부터는 흡혈 욕구에 시달리며 전투에 집중하지 못했다.

그때에 강혁이 사용한 꼼수가 일부로 손바닥이라 팔뚝 같은 곳에 상처를 내어 피를 흘리는 방법이었다.

본능적으로 피의 냄새에 끌리고 흡혈의 욕구에 시달릴 수밖에 없는 그녀의 시선을 의도적으로 피의 향취로 끌리도록 만들어 움직임을 단순화시키고 계속된 시도 끝에 결국 드러난 완벽한 빈틈을 노려 창격을 박아 넣었다.

심장이 파괴되면 보통 행동을 멈추게 되는 다른 뱀파이어들과는 달리 고대 뱀파이어는 심장이 부서진 후에도 계속해서 움직이는 괴랄함을 보여주었지만 결국 생명력이 흩어지는 것을 멈출 수는 없었다.

가슴께로 커다란 구멍을 만들어낸 창격이 이어서 목까지 잘라내 버렸기 때문이었다.

심장과 머리통을 잃은 몸뚱이는 이내 대량의 핏물로 화하여 바닥으로 쏟아져 내렸다가 곧 시커먼 연기로 변해 증발해버렸다.

그때쯤에는 강혁 역시도 살아있는 게 기적일 정도로 온몸이 누더기가 된 상태였지만 문제는 없었다.

고대 뱀파이어를 완전히 쓰러뜨리는 것과 동시에 레벨 업 메시지와 함께 상처투성이의 몸이 저절로 회복되었기 때문이었다.

'…아슬아슬했어.'

아마 곧장 레벨 업이 되지 않았더라면 강혁 역시도 무사하지는 못했을 것이었다.

고대 뱀파이어를 목을 쳐낸 시점에서 온 몸의 기력은 제로가 되고 말았으며 계속해서 흘려낸 핏물은 한계까지 치달아 현기증과도 같은 현상을 불러일으키고 있었기 때문이었다.

거의 2시간에 가까운 시간동안 이어졌던 전투동안 강혁은 무려 5개의 포션을 사용했으며, 마지막 보루였던 초회복 스킬까지 썼던 상태였다.

그 시점에서 이미 죽어도 이상하지 않은 만큼 엉망진창이 된 상태였지만 강혁은 집중력을 잃지 않았고 마지막 순간 카론의 공유 스킬인 '불사의 기백'을 사용해 몸 상태를 최상의 상태로 되돌려 회심의 일격을 박아 넣었다.

한계까지 치달아 느려진 강혁의 움직임에 은연중 적응이 되고 말았던 고대 뱀파이어는 순간적으로 빨라진 움직임에 대응조차 하지 못한 채 심장을 허용하고 말았던 것이다.

물론 그런 와중에도 그녀는 지독한 생존력을 보여주며 강혁을 향해 피의 권능을 뿜어냈지만 그 모든 공격은 무효로 돌아갔다.

불사의 기백이 유지되는 10초 동안의 강혁은 정말로 불사의 신체를 가졌다고 봐도 무방했기 때문이었다.

물론 스킬 유지 기간이 끝난 후에는 받았던 모든 데미지가 한꺼번에 터지게 되지만 기적적으로 반발력이 터지는 순간과 레벨 업의 순간이 겹쳐진 덕분에 무사히 생존할 수 있었던 것이다.

"그나저나 시간적인 문제는 거의 없어 보이는 군."

슬슬 덮고 있던 거적때기들을 걷어내며 일어나려는 움직임들을 보이는 부랑자들을 지나쳐 큰 길로 나서며 강혁은 하늘을 올려다보았다.

짙푸른 하늘의 색채가 서서히 하늘색의 빛으로 밝아가고 있었다.

'약 2시간 정도로 보이는 군.'

고대 뱀파이어의 영지로 들어간 시점부터 돌아오기까지 못해도 5시간 정도는 걸렸으니 이곳과는 대략 3시간의 차이가 있는 셈이었다.

'대강 절반 정도로 보면 되겠군.'

차원문을 통해 도달한 세계에서 흐르는 시간의 절반만큼
이 미스트 대륙에서 지나간다.

대강 그 정도로 시간의 격차를 정리한 강혁은 잠시 의미
없는 발걸음을 옮기다가 결국 여관으로 돌아왔다.

1층의 플로어에는 부스스한 모습을 한 쥬시가 의자에 홀
로 앉아 아침 식사를 기다리고 있었다.

"어? 오빠, 나갔었어요?"

"잠깐 산책삼아."

"에이~ 그냥 산책을 갔다 온 몰골이 아닌데!?"

"좀 거친 산책이었거든."

강혁은 캐묻는 쥬시의 말을 대충 흘려낸 뒤 계단을 올랐다.

신체적이나 체력적으로는 완전히 회복된 상태였지만 여
전히 지워내지 못한 피로가 어깨를 가득 짓누르고 있는 듯
한 기분이었던 것이다.

'…눕고 싶다.'

현실로의 귀환도 고사하고 그저 휴식에 대한 갈구만이
남은 강혁은 빠른 걸음으로 계단을 올라 따스한 밤을 보냈
던 방으로 돌아갔다.

홀로 침대에 남겨두고 갔던 네리아의 모습은 보이지 않
았다.

대신 침대에는 깔끔하게 정리된 모포와 함께 곱게 접은
쪽지가 놓여있었는데 그 안에는 대충 잘 대해줘서 고맙다는

내용이 적혀 있었다.

"일단 자자."

도저히 뭔가 다른 것을 생각할 겨를이 없었던 강혁은 곧장 담요를 걷어내고 침대 위로 몸을 던졌다.

"크흐으~!"

만족스럽진 않지만 충분히 안락한 침대의 감촉에 강혁은 그대로 온 몸이 풀어지는 것을 느끼며 늘어졌다.

"죽이네…."

감탄의 말과 함께 점차 늘어져가는 호흡.

그리고 이내 방안에는 고른 숨소리만이 울렸다.

❖

거의 정오가 다되어서야 잠에서 깨어난 강혁은 결국 여관에 한 달간의 숙박비를 선 지급했다.

굳이 다른 대안을 찾기가 귀찮다는 점도 있었지만 그보다는 어차피 결국 다 비슷한 수준이기 때문이었다.

"잘 부탁드립니다."

여관 주인과 무슨 말이 오갔던 건지 네리아는 돌연 홀 서빙을 그만두고 강혁의 전담으로 편성이 되었다.

여관 내에서 뿐만이 아니라 비용이 지불된 기간 동안에는 얼마든지 원하는 장소로 데리고 다녀도 된다며 파격적인 혜택을 주었던 것이다.

여관 주인의 입장에서는 사실 네리아 같은 아이가 어떻게 되든 크게 상관이 없기 때문에 계획한 일이겠지만 특별 대우를 받게 된 것은 사실이었다.

다행히 네리아는 유약해 보이는 인상과는 달리 똑똑한데다가 눈치도 있는 편이었기 때문에 시녀로 두기에 불편함은 없었다.

"……."

정오를 지나 저녁을 향해 가까워져가는 여관의 1층은 벌써부터 왁자지껄했다.

휴식기를 보내는 모험가들이 오늘도 몰려들어 쓰잘데기 없는 이야기들이나 각자의 모험담을 뽐내며 시간을 보내는 것이다.

테이블 앞에 놓인 의자를 빼고서 다소곳이 앉아 이쪽을 응시하는 네리아의 모습 슬쩍 쳐다보던 강혁은 이내 관심을 끄고 미루어 두었던 상태창의 분배를 시작했다.

'이번 건으로 거의 5단계나 레벨 업을 했으니까.'

거의라고 말하는 이유는 현재의 레벨이 9레벨이기 때문이었다.

본래가 5레벨이었으니 이번 의뢰의 완료를 통해 무려 4단계나 레벨 업을 한 것이다. 거기다 남은 경험치의 바도 거의 절반이나 차올랐으니 수치상으로는 4.5레벨 업을 한 셈이었다.

'그나저나 포인트 수치는 엄청 짠 편이네.'

스테이터스 창의 위로 생성된 보너스 포인트는 12에 불과했다. 레벨 당 기껏해야 3정도의 스텟을 준다는 뜻이었다.

'이래서 레벨 당의 격차가 일정한 폭에서는 크게 의미가 없다고 말했던 거로군.'

강혁은 잠시 고민하다가 스텟을 모조리 정신력으로 투자했다.

정신 보호 시약을 마셨음에도 불구하고 고대 뱀파이어와 전투를 하는 내내 무언가가 머릿속을 계속해서 헤집어대는 감각과 끔찍한 환영의 영역에 시달려야했기 때문이었다.

물론 거기에는 단순히 정신 공격이 짜증나기 때문이라는 이유만이 있는 것은 아니었다.

'10레벨이 되면 직업을 얻을 수 있다고 했었으니까.'

이곳 세계의 법칙에 따르면 누구든 모험가로 등록하여 레벨 10을 달성하면 자격을 얻은 '직업'을 얻을 수가 있었다.

전사, 도적, 궁사, 마술사, 성직자 등의 다섯 가지의 종류밖에는 선택지가 없었지만 막상 안으로 들어가면 선택한 무기나 전투 방식에 따른 세부적인 선택지가 존재하는 시스템이었다.

강혁은 그 중에 마술사라는 직업에 관심이 끌렸다.

마법이라는 개념이 소진된 세상이니만큼 온전한 마법을 다룰 수 있는 직업은 아니었지만 그럼에도 초반에는 꽤나 강력한 위력의 스킬을 구사할 수 있는 직업이었다.

'게다가 다른 대안책도 있었으니까.'

이번에 고대 뱀파이어를 쓰러뜨리며 얻어낸 보상들 중에 하나. 그것이 바로 강혁으로 하여금 마술사라는 직업으로 흥미를 갖도록 만들어주었다.

[혈(血)법사의 길(고유)]
-피를 다루는 마법사로 전직할 수 있는 책이다.
-오직 마술사를 기본 직업으로 선택한 자만이 사용할 수 있다.

여러 가지의 보상들 중 단연코 눈에 띄던 아이템.

그것은 다름 아닌 전직서였다.

'이걸 사용하면 마법사가 될 수 있지.'

비록 다룰 수 있는 종류의 힘은 혈액과 관련된 이능에 국한되며 일반적으로 마법사하면 떠오르는 강력한 파괴 마법 같은 것은 다룰 수 없을지도 모르지만, 반쪽짜리 마술사가 아닌 마법사가 될 수 있다는 점만으로도 메리트가 있다고 생각했다.

'근데 이거 볼수록 잡캐가 되어가는 것 같은데……'

강혁의 스테이터스 능력치들은 순발력과 정신력의 대체 적으로 좀 더 높긴 했지만 전체적으로보면 거진 비슷한 수 준의 그래프를 그리고 있었다.

"뭐, 아직은 초반이니까."

강혁은 대수롭지 않게 생각하며 상태창을 닫았다.

그리고는 팔베개를 하며 침대에 드러누워 멍하니 천장을 바라보다가 무심코 중얼거리는 것이다.

"슬슬 돌아갈까?"

이번 의뢰의 성공으로 인해 강혁은 30만 림의 보상금은 물론 80일이나 되는 현실 시간을 벌었다. 본래부터 가지고 있던 2주일의 시간을 더하면 거의 100일에 가까운 시간을 소지하게 된 것이다.

그 정도라면 당분간은 생존에 대한 것을 걱정하지 않고서 현실에만 집중해도 될 터.

거기에다가 조금씩이긴 해도 스즈를 통해 얻게 되는 시간도 더해지게 될 테니 아마 못해도 4달간은 안전할 것이었다.

'가뜩이나 신경 쓸 것들이 늘어나서 고민이었는데 잘 됐군.'

4달이라면 큼지막한 스케줄들을 쳐내기에는 충분한 시간이었다.

'달무리 촬영이 내년 봄부터. 더 리퍼의 오디션은 한 달 뒤이니까.'

어느새 현실 쪽으로 의식의 완전히 옮겨간 강혁은 차근차근 이후의 일들에 대한 계획을 짜내며 정리하다가 어느 순간 벌떡 침대를 박차고 일어섰다.

"앗! 뭐, 뭔가 필요하신 거라도 있으신가요?"

잠시 딴 생각을 하고 있었던 건지 네리아가 화들짝 놀라며 일어나 물어온다.

"이런 망할!"

"히익!?"

하지만 강혁은 대답대신 욕설을 머금을 뿐이었다.

현실로의 귀환을 시도하던 도중 믿을 수 없는 내용의 메시지창을 목격했기 때문이었다.

『현실과 미스트 사이의 이동은 최소한 일주일간의 시간이 지나야 시도할 수 있습니다.』

한마디로 강혁은 좋든 싫든 이곳에서 최소 5일 이상은 더 지내야 한다는 뜻이었다.

미스트로 온지도 어느덧 닷새 째가 지났다.

A급 의뢰를 완수했음에도 불구하고 집으로 갈 수 없다는 사실을 알게 된 강혁은 낙담하면서도 적응하고 있었다.

피할 수 없으면 즐기라는 말처럼 즐기고 있다고는 말할 수 없었지만 흘러가는 흐름대로 미스트 대륙의 모험가들 중 하나가 되어 그만의 배역을 소화해내고 있었던 것이다.

"아하하하! 대박! 대박이야!"

머무는 여관의 문을 호탕하게 걷어차며 쥬시가 외쳤다.

이번에 맡았던 의뢰가 무척이나 성공적으로 끝을 맺었기 때문이리라.

의뢰 완료 대금은 물론 의뢰자로부터 감사의 인사로 추가적인 보상을 받은 데다가 드디어 누적 의뢰 점수를 충족시켜 승급을 할 수 있는 자격을 얻게 되었던 것이다.

이제 그녀는 B등급 의뢰를 도전할 수 있게 되고 그것을 완료하기만 하면 어엿한 B등급 모험가가 될 수 있었다.

"어이~ 이 겨울에 무슨 일이야!? 설마 의뢰라도 한 거야!?"

"으하하~ 우리 땍땍이는 언제나 활기차서 좋다니까!"

문을 열고 들어서자마자 벌써부터 술을 마시며 분위기를 달구고 있던 모험가들이 반갑게 맞아준다.

땍땍이는 쥬시의 별명이었는데 뭔가 술만 마시면 땍땍거리면서 아무한테나 쏘아붙인다고 해서 붙은 별명이었다.

하지만 이러니저러니 해도 시비를 붙이는 부분들이 귀여운 내용들에 한했기 때문에 여관을 이용하는 모험가들에게는 은근히 사랑받고 있는 모양이었다.

"하여간 멍청이가…."

홀트가 이마를 짚으며 한숨을 내쉬었다.

하지만 정작 그 역시도 입가의 미소는 지워내지 못하고 있었다.

'그렇게 좋나?'

두 사람을 도와 의뢰를 해결하는데 도움을 주었던 강혁은 어깨를 으쓱하면서도 진즉에 도와줄걸 그랬나하고 실소를 머금었다.

'그나저나 꽤 정신없는 일정이었네.'

잔류를 해야 한다는 것을 알자마자 강혁은 모든 것을 포기하고 차라리 이 세계에 좀 더 깊이 파고들어야겠다고 생각했다.

시스템이 만들어낸 흐름이니만큼 아무런 이유도 없이 한가함에 가까운 시간을 만들지는 않았을 거라 생각했기 때문이었다.

이 세상의 어딘가에는 아마도 같은 플레이어들도 있을 것이며 또 어딘가에는 상상도 하지 못할 끔찍한 괴물들의 소굴과 연결된 곳이 있을지도 모른다.

어쩌면 그토록이나 궁금한 '진실'과 관련된 문이 있을지도 모르고 말이다.

사혁의 몸으로써 죽고 자살을 한 강혁의 몸으로 합쳐져 새로운 존재로 태어난 뒤로도 거진 3달은 되는 시간이 지난 것 같지만 여전히 밝혀진 것은 아무 것도 없었다.

깊이 파고들고 얽혀 들어갈 때마다 계속해서 의문만이 더해지는 느낌이었던 것이다.

'어째서 시스템은 나를 택했고, 또 어째서 그런 끔찍한 세계들을 보여주며 경각심을 심어주려 했던 걸까.'

그것이 지금 떠올릴 수 있는 유일한 가정이었다.

이유는 알 수 없었지만 분명히 경고를 하려 한다는 것.

'그걸 알기 위해서는 우선은 흐름을 따라가야겠지.'

때문에 강혁은 지난 사흘의 시간동안 무려 다섯 건이나 되는 의뢰를 해결했다.

A등급 의뢰들은 아니었지만 하나같이 B등급의 의뢰로써 2건은 차원문을 이용하는 방식이었으며 3건은 마을의 근방에 위치한 의뢰들이었다.

오늘 홀트 쥬시와 함께 해결하고 온 의뢰가 바로 그 3건의 의뢰들 중 하나였다.

지난번 카룩 사건 이후로 강혁을 정체를 숨긴 고수쯤으로 생각하는 쥬시는 호시탐탐 스카웃의 기회를 노렸는데 강혁이 B등급의 의뢰들을 해결하고 다닌다는 이야기를 듣자 아주 그냥 거머리처럼 들러붙어 도움을 요청했다.

말이야 함께 의뢰를 하며 돈독한 정을 나누자는 식의 이야기였지만 실상은 B등급 의뢰를 도전할 수 있는 강혁에게 빌붙어보겠다는 뜻.

모험가 카드에는 모험가들끼리 일시적으로 파티를 맺을 수 있게 만드는 기능이 있었는데 그 점을 이용하면 하나의 의뢰로 여러 명이 승급 점수를 얻는 것이 가능했다.

이른바 '쩔'과도 같은 방식이었지만 공공연하게 행해지는 수법들 중 하나라나?

아무튼, 강혁은 쥬시의 제안을 승낙했고 두 사람과 함께 마을의 근방에 위치한 의뢰들을 찾아 차례로 해결했다.

의뢰들의 내용은 위험지역의 탐색이나 특정 몬스터의 사냥과 관련된 것들이었는데, 마지막 의뢰의 경우 탐색지였던 알굴의 던전에서 의뢰자 가문의 가보를 찾아왔기에 좀 더 특혜를 받은 케이스였다.

시스템에서 자체적으로 주어지는 의뢰들과는 달리 사람들이 직접 올린 의뢰들의 경우는 의뢰자의 평가에 따라서 받는 점수가 달라지기도 하는데, 이번의 경우 '최상'의 평가를 받을 수 있었던 것이다.

덕분에 홀트와 쥬시는 아슬아슬하게나마 누적 의뢰 점수를 달성하여 B등급의 자격을 얻을 수 있게 되었다.

B등급 도전의 의뢰 때는 절대로 상위 등급의 도움을 받아서는 안 되며 오로지 같은 B등급의 모험가들끼리만 의뢰를 해결해야하지만 그 점도 문제는 없었다.

'아직은 나도 B등급이니까.'

A등급 의뢰 한 건에 B등급 의뢰를 다섯 건이나 해결했기에 B등급은 진즉에 달성할 수 있었지만 A등급은 역시나 차원이 달랐던 것이다.

사실 체감상의 느낌으로 보아도 A등급의 의뢰가 지닌 난이도에 비하면 B등급 이하의 의뢰들은 차이가 확연히 날 지경이니 당연한 배치이기도 했다.

"오셨어요."

벌써 분위기에 취했는지 모험가들의 사이에서 왁자지껄 떠들어대고 있는 쥬시를 지나쳐 계단 쪽으로 향하자 미리

기다리고 있던 네리아가 공손한 자세로 인사를 해보였다.

최근에는 강혁의 전담이 된 건으로 나름의 특혜를 받고 있기 때문인지 불과 사흘만에 혈색이나 표정이 많이 나아진 것 같은 모습이다.

"물 좀 받아줄래? 바로 씻고 싶으니까."

"바로 준비할게요!"

자연스럽게 건넨 지시에 네리아가 활짝 웃으며 계단을 올라갔다. 총총거리며 뛰어 오르는 모습이 무척이나 귀여워서 강혁은 저도 모르게 아빠미소를 짓고 말았다.

"오오~ 그러면 이제 둘다 B등급 모험가가 된 거야!?"

"당연하지! 이제 우리도 어엿한 중견 모험가라구!"

"대단한데? 그러면 술도 잘 마실 수 있겠지? 진정한 모험가라면 이 정도 술잔은 단숨에 비워내야지!"

코를 으쓱하는 네리아를 향해 검은 피부의 거한이 3000cc는 되어 보이는 커다란 술잔 가득 찰랑거리는 흑맥주를 내밀었다.

"야! 그만둬!"

"흥! 이까짓 것쯤이야!"

사색이 된 홀트가 나서며 만류의 말을 던졌지만 이미 기세를 탄 쥬시는 머뭇거림이 없었다.

"들어간다~!"

"오오오~!"

"와하하! 역시 네가 최고다!"

쥬시는 한손으로도 모자라서 두 손으로 술잔을 단단히 쥐고 외침과 함께 호탕하게 허리를 꺾으며 흑맥주를 흡입하기 시작했다.

벌컥벌컥 넘어가며 대부분은 흘러내려 목과 상의를 적셨지만 사람들은 오히려 그래서 더 즐거워하며 그녀를 부추기는 모습이었다.

"…하여간."

계단 앞에서 그 모습을 바라보고 있던 강혁은 실소를 머금었다.

쥬시나 홀트가 지닌 동료로써의 유용함이라고 한다면 이제서는 그다지 중요하지 않게 변했지만 저런 활기찬 성격들은 지금도 꽤나 큰 위안이 되어주고 있었기 때문이었다.

"크허어~ 다, 다 마셨다아~ 꺽, 끄어억!"

"와하하하! 끝내주는구만!"

"네 말대로 대박이다!"

끝내 원샷을 해내고 길게 트름까지 내뱉는 모습에 모두가 즐거워하며 소리를 질러댔다. 대박이라는 단어는 강혁을 통해 쥬시에게 전해진 이후로 언젠가부터 여관내의 모두가 사용하는 유행어처럼 변해있었다.

어수선하게, 또 엉망진창으로 몰아쳐가는 분위기에 강혁은 고개를 절레절레 저으면서도 진한 미소를 입가에 머금은 채로 계단을 올랐다.

❖

"휴우~ 오늘도 끝인가."

네리아가 받아준 욕조에 몸을 푹 담구여 휴식을 취한 강혁은 미리 준비된 저녁 메뉴를 먹고는 침대에 누웠다. 그리고는 늘어지며 방안을 훑어본다.

"……."

불과 사흘 사이에 방안은 꽤나 많이 변해있었는데 무엇보다 많이 변한 것은 다소 휑해보이던 방안이 꽉 들어차 보인다는 점이었다.

이것저것 필요한 가구라든가 필요한 물품들을 맞추다보니 어느새 평범한 가정집처럼 변해버렸다.

'이럴 바에는 그냥 집 한 채를 장만하는 게 나을 수도 있겠지만…….'

그것 역시도 결국에는 귀찮은 일이니까.

강혁은 다시 길게 팔다리를 뻗으며 한껏 늘어졌다.

모습이 보이지 않는걸 보니 네리아는 아마도 강혁의 옷들을 챙겨 빨래에 여념이 없는 모양이었다.

바로 그때.

똑똑똑-

돌연 노크소리가 들려왔다.

"열려있어."

"그럼 들어갑니다아~"

침대 위로 뒹굴며 대답을 던지자 누군가가 조심스럽게 문을 열며 방으로 들어선다. 화려한 백금발에 요염한 굴곡의 몸매를 지닌 미녀였다.

"전 줄 알았어요?"

들어서자마자 귀엽게 웃으며 말을 건네오는 미녀.

그녀의 이름은 헤더. 네리아와 마찬가지로 여관의 직원으로써 평상시에는 1층 플로어의 서빙을 보는 일을 하지만 유사시에는 밤을 데우는 일을 하는 모양이다.

그리고 지금은 강혁의 정부처럼 되어있었다.

즐길 수 있는 혜택을 굳이 쳐낼 필요는 없으니 강혁은 여관에 머물기로 한 날부터 밤마다 함께 잘 여자들을 받을 수 있었는데, 헤더는 둘째 날에 찾아왔다.

스스로가 말하기를 자신은 굳이 이런 일을 하지 않아도 되지만 흥미가 생겨서 찾아왔다면서 말이다.

그녀의 말이 어디서부터 어디까지가 진실인지는 모르겠지만 적어도 한 가지는 말할 수 있었다.

그녀가 보이는 모습만큼이나 끝내주는 여자라는 점이었다.

폭발적인 체력을 바탕으로 몰아붙이는 강혁을 온전히 감당하고도 남을 만큼 색기가 넘치면서도 대단한 열정을 지닌 여성이었던 것이다.

그래서 그날 이후로부터는 밤을 데우는 것은 오로지 그녀만으로 고정이 되었다.

강혁도 수컷인만큼 '다른 여자'라는 점에 흥미가 가지 않는 것은 아니었지만 헤더의 스킬은 그런 점을 모두 잊어 버릴 수 있을 만큼 대단했던 것이다.

"여기서 방에 노크하고 올 사람은 너뿐이니까."

"우후후, 저만이 예의가 있다는 뜻이네요?"

강혁의 대답에 헤더는 특유의 색기 넘치는 눈웃음을 지으며 침대로 다가왔다.

그리고는 자연스럽게 침대 끄트머리로 풍만한 엉덩이를 붙이고 앉으며 속삭이는 것이다.

"들었어요. 이번 모험 대단했다면서요?"

"별 거 아니었어."

"우후훗, 난 당신의 그런 시크한 모습이 좋더라."

칭찬의 말과 함께 뱀처럼 기어든 손바닥이 강혁의 어깨를 매만지다가 스윽 옷 속으로 파고들어와 단단한 가슴팍을 매만지며 애무한다.

"분위기보니까 한동안 여기는 조용할 것 같은데……, 어때요? 지금부터 즐겨보는 건?"

당당하게 요구하며 가슴팍을 매만지던 손길이 아래로 내려와 복근을 쓰다듬고 좀 더 아래를 향해 서슴없이 접어든다.

"으음…."

노골적인 유혹의 손길에 강혁은 신음을 머금었다.

누운 채로 고개를 들어보니 바로 코앞까지 다가와 숨결을 뿜어내고 있는 헤더의 빠알간 입술이 보였다.

"좋죠?"

재차 물어오는 그녀의 질문에 강혁은 대답대신 짐승처럼 튀어 올라 농익은 육체를 덮쳐갔다.

❖

"……"

어느 순간이라고 할 것도 없이 문득 눈이 떠졌다.

침침한 눈의 시야를 회복하며 주변을 둘러보자 어둠에 잠겨있는 익숙한 방안의 전경이 보인다.

축축한 시트의 감촉이 완전히 식어버린 몸을 더욱더 싸늘하게 저며드는 듯한 감각을 느끼며 강혁은 무심코 옆자리를 살폈지만 침대에 누워있는 존재는 오로지 그 뿐이었다.

'용케도 일어서서 나갔나보군.'

초저녁부터 자정에 이르기까지 방안 곳곳을 오가며 서로의 육체를 탐하고 끝이 없을 것만 같던 열락의 시간을 보낸 뒤 끌어안고서 기절하듯 잠이 들었던 것이 강혁의 기억이었다.

'하여간 체력하고는…'

섹스에 관해서는 남자보다는 여자가 회복이 빠르다는 것은 알고 있었지만 강혁이 지쳐 쓰러질 때까지 함께 녹아들었으면서도 먼저 움직일 수 있었다는 점은 정말이지 대단한 일이었다.

"어쩌면 서큐버스일지도."

되도 않는 혼잣말을 내뱉으며 홀로 피식거리던 강혁은 침대를 벗어나 욕실로 향했다.

온 몸 가득 흘러내리던 땀은 이미 완전히 식어버려 증발한 상태였지만 찝찝한 감각만큼은 여전히 남아있었기 때문이었다.

축축한 시트에 기대서는 더 잘 수도 없을 것 같으니 차라리 깔끔하게 불쾌감을 씻어 내리고 귀환의 준비나 해둘 셈이었다.

어제로부터 하루가 지났으니 오늘이 바로 현실로 돌아갈 수 있는 일주일째의 마지막 날이기 때문이었다.

그 동안 의뢰를 완료해가며 무려 8달에 가까운 시간을 벌 수 있었기에 이제 돌아가게 되면 당분간은 미스트 대륙와 의뢰에 관해서는 신경을 쓰지 않아도 될 터.

안 그래도 현실 쪽에는 매달려야하는 주요 일정들이 가득 몰려들어 있었기에 이런 전환점이 필요했다.

'돌아가면 한동안은 또 정신없이 매달려야 할테니까.'

"잘 쉬었군."

일주일의 시간 제약을 들었을 때만 해도 이마를 짚었었는데 이렇게 되고 보니 뭔가 색다른 휴가를 즐긴 것 같은 느낌이었다.

쪼르르르…

새롭게 구입한 대형 오크나무 욕조 위로 물을 틀자 다소 소심한 물줄기가 흐르기 시작하며 욕조의 바닥부터 채워

나가기 시작한다.

이런 속도라면 욕조가 차오르기까지 못해도 10여 분은 넘게 걸릴 터.

"이럴 때는 현실이 그립다니까."

강혁의 집에 있는 욕조의 경우는 8개의 배관을 통해 물을 공급하기 때문에 불과 1분이면 욕조 가득 따끈따끈한 물을 채우는 게 가능했다.

"……."

멍하게 욕조의 물이 발목을 채우고 무릎을 지나 허리 위쪽까지 차오르는 모습을 쳐다보던 강혁은 문득 한 가지 의문이 들었다.

창밖의 전경이나 체감적인 느낌으로 보건데 지금은 새벽 2시 정도 보였다.

여관의 술집 운영은 진즉이 마무리 지었을 시간이지만 단골 술꾼들은 여전히 남아서 두런두런 이야기를 나누고, 어둠에 물든 창밖의 세계로는 밤손님들이나 환락가의 아가씨들이 본격적으로 돌아다니고 있을 시기인 것이다.

헌데 그런 시간대치고는 너무나도 조용했다. 사람들의 기척은 물론이고 기본적인 소음자체가 들리지 않았다.

적막. 오로지 적막만이 가득했다.

'안개 때문인가?'

창밖에는 돌연 나타난 짙은 안개로 인해 시계를 구분하기가 어려웠다.

이렇게나 심한 안개라면 밤을 달리는 사람들도 본업에 종사하기는 힘들 터.

강혁은 적당히 이해하며 허리 위까지 차오르기 시작한 물을 훑어 끈적한 몸을 씻어 내리기 시작했다.

그렇게 느긋하면서도 안락한 시간을 보내며 머리부터 발끝까지 빠짐없이 불쾌감을 씻어 내렸을 때였다.

"…!"

강혁은 늘어지려던 몸의 긴장을 당기며 단숨에 욕조를 벗어났다.

씻어 내린 불쾌감들만큼이나 비릿하면서도 기분 나쁜 냄새가 코끝을 스쳤기 때문이었다.

'…피 냄새?'

그것도 다량의 피에서만 발생하는 짙고도 농후한 냄새였다.

강혁은 즉시 욕조를 벗어나 급하게 몸을 닦아 내리고 옷을 챙겨 입었다.

곱게 접어진 옷들은 네리아의 정성을 상기시켜주듯 깔끔한데다가 좋은 향기까지 나고 있었지만 그런 것에 신경을 팔고 있을 틈은 없었다.

인식하기 시작한 순간부터 짙은 혈향과 함께 흉험한 기운이 악몽처럼 서서히 기어들고 있었기 때문이었다.

절대로 무시할 수가 없는 끔찍한 감각이었다.

"…미치겠군."

이런 감각은 고대 뱀파이어를 상대할 때에도 느껴보지 못한 것이었다.

좀 더 오래 전에 지하 감옥의 마녀를 직접 마주했을 때에나 느껴본 적이 있던…….

'본질적인 공포의 냄새.'

무심코 끔찍한 상상에 젖어들게 만드는 악몽 그 자체와도 같은 감각이 온 몸 가득 저며들고 있었다.

그제야 창밖 가득 메운 안개의 영역들이 다시금 눈에 박혀 들어왔다.

혈향은 아래층으로부터 전해져오고 있었다.

1층은 사실상 거의 비었을 테니 보통의 모험가들이 머무는 2층으로부터 전해져오는 냄새일 터.

이미 상당수의 사람들이 희생된 것임이 틀림없었다.

'하지만 그런 것치고는 어떠한 소리도 들리지 않았어.'

썩어도 준치라고 여관에 모여든 사람들은 어쨌건 모험가들이었다.

각자의 실력차이는 있을지언정 공포 앞에서 아무것도 하지 못하고 죽어가는 일반인들과는 확연히 다른 존재들이라는 뜻이다.

그러나 여관에서는 강혁이 깨어나고는 물론이거니와 그이전에도 전투와 관련된 소음 같은 것은 들리지 않았다.

"다들 반항조차 못하고 죽은 건가."

강혁은 싸늘하게 감각을 일깨우며 창을 꺼내어 들었다가

이내 포기하고는 단검 두 자루를 꺼내어 하나씩 손에 쥐었다.

덜커덩-

문을 열고서 밖으로 나서자 달빛조차 가려져 어둠만이 가득한 을씨년스러운 복도의 모습이 보인다. 방을 나서자 한층 더 짙어진 혈향이 조금 더 실감나가 코안 가득 스며들었다.

2층으로 내려가는 계단으로 다가가면 갈수록 더욱더 짙어지는 죽음의 냄새.

"이 아래는 지옥이겠군."

강혁은 욕설을 삼키며 단검을 쥔 손에 힘을 더했다.

그리고 계단을 내려갔다.

찰팍…

"젠장."

2층의 복도로는 이미 피의 강이 가득 흐르고 있었다.

모두가 굳게 닫혀진 방안의 틈으로 새어나오고 있는 것들.

"!"

질퍽거리는 피의 길을 따라 걸음을 옮기던 강혁은 중간부터 그 영역이 끊어진 구간을 발견하고는 발걸음을 멈춰 세웠다.

'이쪽은 홀트와 쥬시가 머무는 방들이 있는 방향이었지. 무사한 건가?'

강혁은 본격적으로 단검들을 뻗어내 허공으로 띄우며 빠른 걸음을 옮겼다.

덜컥, 덜컥-

쿵쿵쿵─

두 사람의 방문은 하나같이 잠겨 있었다. 혹시나 해서 문을 세게 두들겨봤지만 역시나 대답은 없었다.

바로 그때였다.

"꺄아악!"

반대쪽으로부터 들려오는 비명소리에 강혁은 즉시 몸을 돌려 진원지로 향했다.

소리가 들려온 방향은 분명 헤더나 네리아를 포함한 여급들의 머무는 방들 쪽이었다.

"사, 살려주세요! 누가, 누가 좀…!"

문밖으로 흘러나오는 목소리는 가녀리면서도 처연했다.

강혁은 망설이지 않고 곧장 달려서 문을 걷어찼다.

콰아앙─

"꺄아아악!"

문짝이 통째로 부서져 튕겨지며 날카로운 비명이 방안 가득 울렸다. 그리고 강혁은 마침내 악몽의 근원이 무엇인지를 알 수 있었다.

"미친…."

강혁이 입새로 욕설이 새어나왔다. 그만큼이나 보여 지는 '무언가'의 형체가 끔찍했기 때문이었다.

저것을 대체 어떤 식으로 설명해야 할까.

검붉은 피막 같은 것으로 온 몸을 덮고 있는 괴물체는 어떠한 특정한 형체가 없었다.

슬라임처럼 둥그스름하면서도 쉼 없이 흐물거리며 그 모습을 변환하고 있었으며, 단단하게 굳어지거나 연기처럼 변해 일렁거리기도 했다.

문제는 형체가 변환될 때마다 그 안에서 피어오르는 끔찍한 형상들이었다.

절규하는 사람의 얼굴들이나 찢어지고 일그러진 인간의 신체구조들이 생성되며 형체를 이루었다가 상어의 이빨과도 같이 날카롭고 불규칙한 가시들과 함께 다시금 흩어졌다가 또 합쳐지기를 반복하고 있었던 것이다.

츄르르, 츄르르르…

괴물체는 바닥 가득 흩어진 핏물을 빨아들이며 스물스물 기어들고 있었다.

목표는 코앞에서 주저앉은 채 떨고 있는 작고 가녀린 체구를 지닌 소녀였다.

겁에 질리다 못해 아예 이지 자체를 상실한 것처럼 보이는 소녀는 죽음이 조금씩 다가들고 있음에도 도망은커녕 비명조차 머금지 못하는 모습이었다.

"정신차려!"

"히익!?"

강혁은 재빨리 다가가 소녀, 네리아의 손을 잡아 일으켰다.

"가, 강혁 님?"

"일단은 여기서 벗어나자고."

강혁은 대답을 들을 틈도 없이 네리아를 이끌고 방을 벗어났다.

그리고는 곧장 3층을 향해 뛰어올라간다.

철퍽거리며 계단 가득 핏빛 발자국들이 새겨졌지만 그런 것에 신경을 쓸 겨를은 없었다.

쾅! 철컥―

방으로 돌아온 강혁은 곧장 문부터 닫아걸었다.

밑의 상황들을 볼 때에 문을 닫는다고 안전할 것 같지는 않았지만 심리적인 보상이었다.

"……."

"……."

스스로 고립시킨 방안에는 정적만이 가득했다.

금방이라도 뒤를 따라 쫓아들 것만 같던 괴물체는 나타날 기미조차 보이지 않았다.

그런 정적이 안심감을 주기라고 했던 걸까.

"흑, 흐흐윽…."

네리아가 다시금 다리에 힘이 풀려 주저앉으며 흐느끼기 시작했다.

처연하다 못해 숙연해보이기까지 한 그녀의 눈물에 강혁은 착잡한 표정으로 그 모습을 보다가 그녀를 일으켜 의자에 앉혔다.

"일단 진정해. 당분간은 안전할 것 같으니까."

강혁은 무릎을 굽혀 네리아와 시선을 마주하고는 그녀를

어깨를 부드럽게 감싸 쥐었다.

네리아는 흠칫 하고 놀라면서도 눈동자를 마주하는 강혁의 모습에 조금씩 안정되어가는 모습이었다.

강혁은 재차 물었다.

"무슨 일이 있었던 거지?"

"흐흑…!"

강혁의 질문에 네리아는 당시의 상황을 떠올렸음인지 다시금 울음을 터뜨리는 모습이었다. 하지만 울먹이면서도 그녀는 자신에게 벌어졌던 일에 대해서 열심히 설명하려는 듯한 모습이었다.

"흐흑, 이상한 기분이 들어서… 흐끅, 갑자기 잠에서 깼는데… 이상한 그림자 같은 게 보였어요. 쿠란을 덮쳐가는 그림자 같은 걸 보고 깨어났을 때는……."

"이미 늦었다?"

"흐흐흑…."

네리아는 대답대신 고개만을 힘겹게 끄덕였다.

하지만 강혁은 뭔가 시원한 표정을 지을 수가 없었다.

'그다지 도움이 되는 정보는 아니군.'

네리아는 참상 속에서 발견한 유일한 생존자였지만 역시나 도움이 될 만한 존재는 아니었다.

지금까지 알 수 있는 사실이라고는 자고 있는 사람들을 공격하는 괴물체가 있으며 그것에 의해 여관에 머무는 대부분의 사람들이 당했을 것이라는 점뿐이었다.

바로 그때였다.

쪼르르르…

욕실로부터 물줄기가 새는 소리가 들려왔다.

"!"

무심코 시선을 돌렸던 강혁은 저도 모르게 입술을 굳히고 말았다.

"응? 무슨 일이라도 있어요?"

헤더가 물기가 가득한 알몸의 육감적인 몸매를 한껏 드러낸 채로 머리칼을 닦아내며 욕실 밖을 나서고 있었기 때문이었다.

"목욕했었나보네요. 욕조에 물이 차있어서 저도 좀 씻었어요. 괜찮죠? 후홋."

헤더는 아무런 일도 없었다는 것처럼 특유의 색기 넘치는 웃음을 머금으며 강혁을 향해 다가왔다. 그러나 그녀는 강혁에게 접근할 수 없었다.

차앙—

"그만."

어느새 창을 꺼내어든 움켜쥔 강혁이 그 창날의 끝을 그녀에게로 향하고 있었기 때문이었다.

헤더의 눈이 크게 뜨였다.

"정말로… 뭔가 일이 있었군요?"

창날이 코앞에 드리워져 있음에도 헤더는 담대한 표정이었다.

위협을 앞에 두고 있는 여성의 모습이라고 하기에는 지나치게 당당해보였지만 오히려 그래서 더욱더 그녀다워 보이는 모습.

하지만 강혁은 창끝을 내리지 않았다.

"있었지. 꽤나 큰 일이. 그러니까 잠깐 거기에 있어줬으면 좋겠군. 몇 가지 물어볼 테니까."

"좋아요. 당신이 원한다면."

경계심 어린 말에 헤더는 두 손을 들어 항복의 자세를 취해보였다. 어디까지나 무고해 보이는 모습이었다.

"지금까지 어디에 있었지?"

"잠깐 다락방에 다녀왔지요."

"다락방에?"

헤더는 강혁의 질문에 곧장 대답했다.

"제가 가끔 혼자만의 시간을 보낸다는 거 아시잖아요?"

대답과 함께 헤더는 검지와 중지 손가락을 들어 올려 입술에 가져가는 듯한 제스처를 취해보였다.

그것은 '말론'을 피우는 자세였다.

말론은 현실에 존재하는 담배와 비슷한 기호품이었는데 꽤나 고가품으로 분류되어 있었다.

다만 이곳 세피림 마을은 주변에 말론 잎이 아무렇게나 자라고 있었기 때문에 누구든 쉽게 접할 수 있었다.

'…맞아.'

강혁은 무심코 고개를 끄덕였다.

헤더는 꽤나 애연가였으며 강혁과 함께 있는 시간동안에는 창가에 앉아 말론을 피우는 모습을 몇 번이고 보이기도 했다.

그녀가 이따금씩 밤에 홀로 일어나 홀로 다락방에 가서 말론을 피우고 내려온다는 사실도 말이다.

"다락방의 창문을 열고 말론을 피고 있으니 안개가 너무 짙어서 답답한 기분이 들었어요. 그래서 한 대만 피고 내려온 참이었구요."

헤더가 차분한 어조로 덧붙였다.

하지만 강혁은 여전히 창날을 거두지 않았다.

"다락방을 오가는 동안 뭔가 소리 같은 걸 들은 건 없어?"

"소리요?"

"그래. 어떤 소리라도."

"아! 그리고 보니 오늘밤은 유달리 조용했네요."

헤더는 그제야 깨달았다는 듯 손바닥을 마주치며 눈을 동그랗게 떴다.

"그러니까 아무런 소리도 듣지 못했다는 거군."

"네. 저는 그냥 말론을 한 대 피고 내려온 것뿐이라구요. 돌아왔을 때에 방에는 아무도 없었구요. 헌데 욕실에 온기가 느껴져서 가보니까 물이 차있어서 씻고 나온 참이죠."

"으음…."

강혁은 침음성을 머금었다.

헤더의 증언은 딱히 흠을 잡을만한 구석이 없었다.

'애매하군.'

굳이 따지고 들자면 모든 것을 의심의 여지로 삼을 수 있었지만 그런 식으로 따지고 들어가면 애당초 괴물의 손아귀에서 구해온 네리아마저도 의심해야만 하는 상황인 것이다.

강혁은 힐끗 시선을 돌려 네리아를 쳐다봤다.

그녀는 아직 상황을 따라오지 못한 듯 얼빵한 표정을 한 채로 앉아있었다. 이내 한숨을 내쉰 강혁이 창날을 거두며 말했다.

"일단은 옷부터 입어. 아마도 오늘 밤은 무척이나 긴 밤이 될 것 같으니까."

"알겠어요."

딱딱한 강혁의 말에 헤더는 순순히 고개를 끄덕이고는 몸의 물기들을 깨끗이 닦아내더니 방안 곳곳에 벗어두었던 옷가지들을 챙겨 입었다.

방 밖은 여전히 조용했다.

마치 조금 전에 보고 왔던 끔찍한 괴물의 형상이 거짓말이었다는 것처럼 여관으로는 고요함만이 흐르고 있었다.

'혹시 3층까지는 올 수 없는 제약이라도 있는 건가?'

조금 더 틈을 들이며 열려진 문틈으로 텅 빈 복도의 전경과 핏빛 발자국이 새겨진 계단 쪽을 응시하던 강혁은 여전히 뿌연 안개로 가리워진 창밖을 응시하다가 돌연 헤더에게 물었다.

"다락방을 다녀왔다고 했지?"

"네. 그랬죠."

"창문을 열었을 때에 몸이 이상은 없었어?"

"이상이요?"

헤더는 모르겠다는 표정이었다.

강혁은 고개를 끄덕이며 말했다.

"좋아, 그럼 우선 다락방으로 가자. 거기서 창문을 통하면 지붕으로 나갈 수 있을 거야."

"그야 그렇긴 한데… 정말로 대체 무슨 일이에요? 그리고 보니 신발에 그건 설마 피예요!? 네리아의 옷에도!"

헤더는 이제야 강혁과 네리아의 발치에 가득한 묻은 핏자국을 발견한 듯 했다.

"제대로 설명하긴 복잡하니까 간단히 말할게. 2층까지는 지옥이야. 그리고 그게 언제 여기까지 올라올지 모르는 상태고. 그러니까 지금은 내 말을 따라주겠어? 살고 싶다면."

"…알겠어요."

'살고 싶다면' 이라는 말이 주는 무게감 때문일까.

헤더는 잔뜩 긴장한 표정으로 고개를 끄덕이는 모습이었다.

"너도 준비 됐겠지?"

"…네, 넷!"

네리아는 필요이상으로 긴장해서 공포와 용기가 뒤섞인 복잡한 표정이 되어 있었지만 아까 전에 비하면 훨씬 상태가 괜찮아 보였다.

그렇게 강혁은 두 사람을 이끌고 다락방으로 향했다.

❖

덜커덩-

낡은 나무판자를 밀어 올리자 다락방 특유의 퀴퀴한 냄새가 전해져 온다.

사다리를 타고 다락방의 영역으로 들어선 강혁은 두 사람마저 올라온 것을 확인하자 사다리를 강하게 걷어차 부숴버리고는 판자문을 닫았다.

순식간에 다락방 가득 어둠만이 채워졌다.

서로간의 숨소리만이 들리는 방안.

칙, 치익-

몇 번의 불빛이 인다 싶은 순간 작은 불꽃이 일렁이며 방안을 밝히기 시작했다.

헤더가 말론을 피우기 위한 용도로 쓰는 성냥을 집어 들어 불을 피운 것이다.

성냥 하나만으로는 그저 빛이 닿는 주변을 아주 잠깐 비출 수 있을 뿐이었지만 누구도 그것이 아깝다고 생각하지는 않았다.

"아마 여기에 있을 거예요."

다락방에서는 그야말로 터줏대감이라고도 할 수 있는 헤더가 성냥의 불빛에 의지해 다락방 한쪽 끝에 뭉쳐진 잡동

사니들로부터 무언가를 건져냈기 때문이었다.

"찾았어요!"

헤더가 찾아낸 것은 랜턴이었다.

현실에 존재하는 그런 전기식의 랜턴이 아닌 기름으로 빛을 밝히는 등불 형태의 랜턴이었다.

헤더는 성냥의 불길이 꺼지기 전에 능숙하게 새로운 성냥을 꺼내어 불을 밝히더니 그대로 랜턴을 열고 불씨를 그 안의 심지로 옮겨 붙였다.

화아악–

심지와 맞닿은 불길이 화려하게 옮겨 붙으며 크게 일렁인다. 성냥의 불길보다는 훨씬 밝고 넓어진 빛이 주변을 밝히기 시작했다.

'좋아, 이걸로 기본적인 준비는 된 건가.'

뭔가 더 쓸 만한 것이 없을까 다락방 곳곳을 둘러보던 강혁은 이내 창밖을 응시했다.

좀 전보다 더욱 짙어진 것 같은 안개가 마차 하나의 살아 있는 생물처럼 느릿하게 흘러가고 있는 모습이 보인다.

저런 안개 속에서는 낡은 랜턴의 불빛 따위는 그다지 도움이 되진 않을 터.

'하지만 없는 것보단 나으니까.'

한 치 앞도 볼 수 없는 제로의 시계보다는 바로 코앞의 형체라도 구분할 수 있는 상황이 더 이로웠다.

물론 그것이 반대로 괴물체의 이목을 끌게 될 수도 있었

지만 아무 것도 모른 채로 괴물의 입 안으로 머리를 들이밀
게 되는 것보다는 낫지 않겠는가.

"밖은 꽤나 추울 거야. 그러니까 각오해."

"알겠어요."

"…네."

경고의 말과 함께 강혁은 다락방의 창문을 열어젖혔다.

슈화아아아—

열린 창문의 틈으로 희뿌연 안개와 함께 새벽의 그것과
도 닮은 신선한 공기가 몰려들어왔다.

습기를 가득 머금은 축축한 공기를 맡으며 재차 호흡을
가다듬은 강혁은 먼저 창밖을 나서 창문의 바로 아래로 비
스듬히 늘어뜨려진 지붕의 홈을 밟았다.

'그나마 다행이군.'

여관의 지붕에는 유사시에 수리를 쉽게 하기 위해서인지
끄트머리로 좁은 발판 같은 것들이 연결되어 있었다.

"조심해. 폭이 좁으니까."

경고의 말과 함께 두 사람이 나오는 것까지 모두 확인한
강혁은 곧장 발판을 따라 걷다가 완만한 기울기를 지닌 지
점으로부터 자세를 낮추고 지붕의 위로 기어 올라갔다.

여관의 지붕은 전형적인 삼각형태의 모습을 취하고 있었
지만 가장 중앙부의 꼭대기에는 골대를 세우기 위해서인지
꽤나 넓은 폭의 평평한 공간이 존재하고 있었다.

"후우…."

지붕 꼭대기로 오른 강혁은 이어서 손을 뻗어 헤더와 네리아 역시도 끌어올렸다. 어떠한 빛도 없이 어둠만이 가득 내려앉은 새벽의 하늘 아래로 빠져나온 것이다.

"뭔가… 으스스하네요."

"무서워요…."

주변을 둘러보자마자 두 사람이 내뱉은 말이었다.

그리고 강혁은 그에 충분히 공감했다.

어둠과 안개에 잠겨들어 있는 고요한 마을의 전경은 저절로 공포감이 일만큼 을씨년스러워보였기 때문이었다.

무엇보다도.

달빛이 문제였다.

'분위기 하나만큼은 정말이지 인정해줘야겠어.'

하늘로는 요사스러운 붉은색의 빛을 머금은 달이 주변의 대기까지 붉게 비추며 하늘 전체를 붉은색의 빛으로 가두고 있었다.

일부로 들고 나온 랜턴의 불빛이 아련해 보일만큼 밝은 빛이었다.

희한하게도 지상으로는 그 빛을 드리우지 않은 채 하늘만을 붉게 채우고 있는 달빛.

언뜻 보기에는 보름달처럼 보이는 달은 쉼 없이 흐르는 안개 때문인지 일렁이고 있는 것처럼 보였는데 때문에 보는 시선에 따라서는 하늘에 떠오른 무언가의 거대한 눈동자처럼 보이기도 했다.

휘이이이–

몰아치는 안개바람을 맞으며 강혁은 랜턴을 들어 주변을 훑어보았다. 그러나 역시 비추어지는 영역은 불과 코앞에 위치한 전경들뿐이었다.

'일단은 여길 벗어나는 게 맞겠지.'

강혁은 굳은 표정으로 지붕 아래를 내려다봤다.

그리고…

바로 그때였다.

"!"

강혁은 순간 등골을 타고 치솟는 강렬한 이질감에 재빨리 주변을 살폈다.

"……."

주변의 전경은 조금도 바뀐 점이 없었다.

그러나 얼마 지나지 않아 강혁은 이질감의 정체에 대해 깨달을 수 있었다.

'멈췄다.'

흘러가는 안개의 흐름도, 방금 전까지 등 뒤에서 호흡하며 움직이고 있던 헤더와 네리아 역시도 멈추어 있었던 것이다.

마치 시간 그 자체가 멈추기라도 한 것처럼 말이다.

그리고 강혁은 이런 현상 뒤에 무엇이 나타나는지 누구보다 잘 알고 있었다.

[시험: 안개 속의 공포]

-죽은 달빛이 비추는 세계가 강림했습니다.

-죽음이 다가오고 있으니 얼른 자리에서 벗어나세요.

-제한시간은 15초입니다. 시간 내에 자리를 벗어나지 못할 시 '악몽'과 마주하게 됩니다.

(조언: 때때로 악몽은 무엇보다 커다란 괴물이 되어 다가오게 됩니다. 하지만 악몽과 마주하는 것 또한 선택이겠죠.)

"이런 씨발!"

아니나 다를까 눈앞으로 선명히 새겨지는 붉은색의 글귀를 보자마자 강혁은 곧장 욕설을 머금었다.

[남은 시간: 14초….]

이제는 잊었다고 생각했던 빌어먹을 카운트가 다시금 등장하여 강혁의 숨통을 조여오고 있었기 때문이었다.

휘유우우우-

다시 흘러가는 시간에 따라 몰아치기 시작한 안개바람을 맞으며 강혁은 곧장 창을 집어넣은 뒤 헤더와 네리아의 손을 잡아끌었다.

"가, 갑자기 무슨 일이에요!?"

"강혁님!?"

실시간으로 줄어들어가는 카운트를 보며 강혁은 날카로운 목소리로 외쳤다.

"지금 바로 옆의 건물로 뛰어! 죽고 싶지 않다면!"

그 말과 동시에 강혁은 지붕의 끄트머리까지 두 사람을 잡아끌었다.

다행히 여관의 건물은 주변의 건물들보다 층수가 높았기 때문에 도약거리를 크게 신경 쓰지 않아도 닿을 수 있을 만한 건물들이 몇 개나 있었다.

강혁은 그중 가장 높이의 차가 크지 않은 집의 지붕을 내려다보며 두 사람에게 말했다.

"저기로 뛰어 내리는 거야!"

"네? 하, 하지만….."

"저, 전 못하겠어요!"

두 사람은 역시나 두려워하고 망설이는 기색이었다.

하지만 그런 것에 일일이 답해주고 있을 틈은 없었다.

[남은 시간: 7초….]

그러는 와중에도 카운트는 계속해서 줄어들고 있었기 때문이었다.

"먼저 간다!"

두 사람의 대답이 채 끝까지 이어지기도 전에 강혁은 지붕에서 뛰어내려 옆 건물의 지붕을 향해 떨어져 내렸다.

〈5권에 계속〉